혼자가
되어지마

KB088661

혼자가
되었지만

홀로 설 수
있다면

도연 지음

카이스트를 떠나 스님으로 살아온 이야기

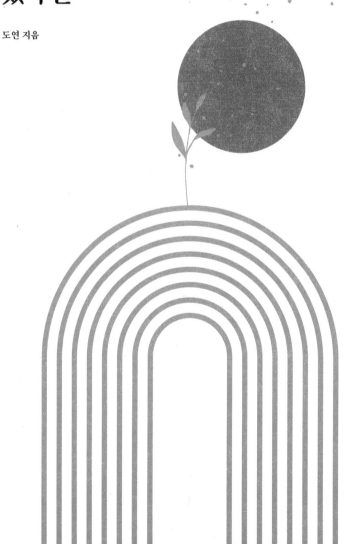

파람북

부디 나와 모든 존재가 고통이 없기를,
평안하고 행복하게 살 수 있기를 발원합니다.

"이 세상에는 단 하나의 빈곤이 있을 뿐이다. 기도의 빈곤이다."

기도의 소중함을 한마디로 요약한 이 말씀대로 기도는 결코 거창하거나 형식을 갖추어야 하는 것이 아니다. 그저 누군가를 도우려는 마음만 가지고 있어도 되며 누군가의 곁에서 그들이 용기 내어 살아갈 수 있도록 응원만 해 주어도 모두 기도다.

도연 스님은 몇 년 전 카이스트 학생이자 스님으로 트위터를 통해 만났다. 이후 그의 행보를 유심히 지켜볼 수 있었는데, 그는 늘 의미 있고 가치 있는 일에 뛰어드는 것을 주저하지 않았다. 그런 도연 스님의 기도 속엔 누군가가 힘들게 살거나 잘못되는 걸 그냥 두고 볼 수 없어서 온몸으로 현장에 뛰어드는 관세음의 DNA가 있는 것 같다. 출가 수행자이자 학생으로, 또 지도교사로 살아오면서 느끼고 보았던 경험을 담은 이 책이 방황하는 사람들에게는 등대가 되고 상처받은 사람들에게는 따뜻한 손길이 될 것이라 믿는다.

_정목 스님, 『달팽이가 느려도 늦지 않다』 저자

불교에서의 출가와 그리스도교에서의 소명(부르심)의 공통점은 '떠남'이다. 혼돈의 삶 안에서 자신을 찾고 찾음에서 깨달음을 발견하며 깨달음 뒤에 오는 행동은 나를 살리고 이웃을 살릴 수 있는 선한 원동력이 될 것이다. 그리고 이 모든 건 '나는 누구인가?'라는 질문에서 시작된다.

누구나 행복하게 살고 싶은데 마음대로 되지 않음을 알기에, 도연 스님은 자신의 평범한 삶 속에서 찾아가는 행복의 길을 우리에게 알려 주려 한다. 스님의 환한 미소처럼 밝고 긍정적인 언어와 스토리로 만들어진 이 책을 읽고, 길을 잃어 방황하고 힘들어하는 많은 이들이 나만의 소명을 찾아갈 수 있는 기회를 가졌으면 한다.

_ 고은주(율리아나) 수녀님

내가 행복해지는 동시에 다른 사람도 행복해지는 방법이 있을까? 도연 스님은 과거 카이스트의 수업 시간에 불교 사상과 기업가 정신의 선순환 원리를 '자리이타(自利利他, 남을 이롭게 함으로써 나를 이롭게 한다)'라는 말로 탁월하게 연결하였다. 대립에서 상생으로 대전환해야 할 이 시기에 도연 스님의 책을 꼭 읽어 보기를 권한다.

_이민화, 전 벤처기업협회 명예회장·카이스트 초빙교수

● 2019년 작고하신 이민화 교수님께서 주신 가르침과 소중한 인연에 감사드립니다.

차례

1장 | 떠나보니 알게 되는 것들

도연 스님의 명상 클래스 **01**

2장 | 새로운 삶이 낯선 사람들에게

도연 스님의 명상 클래스 **02**

스님답게
살아본 적이 있었나

출가하여 스님이 되는 것이 어찌 작은 일이랴.

몸을 편안히 하려는 것도 아니요,

따뜻이 입고 배불리 먹으려는 것도 아니며,

명예와 재물을 구하려는 것도 아니다.

나고 죽음을 면하려는 것이요,

번뇌를 끊으려는 것이며,

부처님의 지혜와 생명을 잇는 것이며,

삼계를 벗어나 중생을 건지기 위함이다.

_서산 대사의 『선가귀감』 중에서

• •

'나는 한번이라도 진짜 스님이었던 적이 있었을까?'

출가^{出家}한 지 15년이 지났지만 아직도 이 질문에 대한 답을 내리기 어렵다. '이 답을 내릴 수 없는데 스님 생활을 계속하는 게 맞는 걸까?' 이어진 질문에 말문이 막힌다.

승복을 입고 있다는 이유로 사람들에게 대우를 받는다. 그리고 그럴듯한 가르침을 펼친다. 하지만, 스스로 묻는다.

'그럴만한 자격이 있는가?', '참된 깨달음을 전하고 있는가?'

이 물음에 바로 답을 하지 못한다. 그리고는 한참 고뇌에 빠진다.

이렇게 번민에 싸여 있음에도 불구하고 펜대를 잡은 이유가 있다. 이 부족한 모습이 누군가에게 위로가 되고 힘이 될 수 있지 않을까 하는 바람 때문이다.

한 사람으로서 세상을 살아가며 겪는 문제가 있다. 또한 스님이기에 겪게 되는 고충이 있다. 그 사이에서 갈등하는 모습과 흔적을 조금 오픈하기로 했다. 그 자체로 좋은 에너지를 전해 줄 수 있지 않을까 하는 바람에서다. 아울러 나의 이런 행위가 하나의 밥벌이로 전락하지 않으면 좋겠다. 책이 많이 팔리고 사람들에게 인기가 있으면 당장은 좋을지 모른다. 하지만 자칫 자신이 놓은 덫이자 함정이 될 수도 있다. 내 말과 글들을 지키지 못한다면 부메랑처럼 돌아와 스스로를 옥죄일 것이기 때문이다.

출가하면 남들에게 보이는 것에 신경 쓸 일이 많아진다. 출가자로서 품위를 갖출 필요가 있다. 그보다도 더 중요한 것은 생각과 마음가짐이다. 그것을 출가 정신이라고 한다. 겉으로 보기에 멋진 스님 같아 보여도 속으로 하는 생각이 세속의 사람들과 다르지 않다면 그저 속인俗人일 뿐이다. 더욱 추하고 악한 중생으로 전락할지도 모른다.

늘 자기 생각만 하고 수행을 게을리한다면, 절에서 주는 공양만 축내고 공양물에 집착하게 된다면 어떨까? 다시 말해, 밥값을 못하면서 밥그릇만 챙긴다면 진정 수행자라고 할 수 있을까?

반대로 아무리 많이 소유하고 있어도 소유에 집착하지 않고 바람직하게 활용하는 경우가 있다. 사찰의 건물과 토지에 살고 있되 많은 사람이 충분히 누릴 수 있도록 내어주는 것이다. 용도에 맞게 사용하면서 그것을 필요로 하는 사람들을 위해 나누는 삶이다. 집착을 버리고 만족을 아는 것, 그걸 지켜 나아가는 삶은 곧 수행자의 바른 덕목일 것이다. 바로 무無소유의 삶이다.

무소유는 소유하지 않는다는 의미가 아니다. '소유'라는 단어보다 '무'에 방점을 찍을 필요가 있다. 자기밖에 모르는 이기심을 버린 마음이자, 남도 나처럼 소중한 존재라고 여기는 마음이다. 다시 말해, 공空이면서 자비慈悲다. 모든 존재가 서로 연결되어 있고 관계하고 있다는 것을 앎으로써 '나'에 집착하지 않는 마음이 된다. 그 마음에서는 나와 연결된 존재들에 대한 연민과 사랑이 자연스럽게 일어난다. 더 소중히 여기며 아껴주고 보살필 수 있다. 이러한 마음으로 살아갈 때

무소유를 실천하는 삶이 된다.

　출가했을 당시를 떠올리면 어제 일처럼 생생하다. 갓 스물한 살의 나이였다. 사실 그때 출가자의 삶과 의미에 대해서 제대로 알지 못했던 것 같다. 지금도 모르는 게 많지만 말이다. 단지 과거의 삶보다는 더 행복할 수 있을 거라 생각했다. 그래서 여러 생각하지 않고 출가를 택했다. 그냥 내 길이 이 길인 것 같았다. 지금 와서 보면 다소 섣부른 결정이 아니었나 싶다. 하지만, 그때 단행하지 않았으면 아마 평생 못 했을 것이다. 그 선택을 존중하고 후회는 없다.

　새로운 사람을 만나거나 일을 시작하게 되는 걸 '인연因緣'이라고 한다. 인因이 자신의 마음이나 의식과 관련된 내부 원인이라면, 연緣은 주변 환경과 조건에 해당하는 외부 요인이다. 출가하게 된 나의 인과 연은 무엇이었을까? 아마도 인因은 행복하고 싶은 마음, 연緣은 그때 만난 스승과 도반인 것 같다. 출가 전에 나는 지금 당장 행복할 수 있는 길을 원했다. 아쉽게도 나의 대학 생활에서는 느낄 수 없었다. 누군가에겐 그곳에서의 생활이 행복과 만족이었을지 모르지만, 적어도 나

에겐 아니었다. 그렇게 들어선 새 길은 두려움 반, 설렘 반이었다. 그
사이에서 아슬아슬하게 균형을 잡고 중심을 지켜갔다.

오늘도 나는 자신에게 묻는다.
'출가할 때의 그 마음이 지금도 있는지'
'지금 행복한지, 그렇지 않은지'
'현재의 삶에 만족하고 있는지'

'얼마나 더 출가자로 살아갈 건지'
'출가자로서 어떻게 살아갈 것인지'
'한 사람으로서, 나로서 어떻게 살아갈 것인지'

그리고
'내가 나 이전의 그 무엇이라면, 어떻게 살아갈 것인지'를.

이 책은 4년 전, 내가 처음으로 출간한 책의 개정증보판이다. 첫

책이 출판된 이후로 두 권의 책이 더 나왔다(『있는 그대로 나답게』, 『잠시 멈추고 나를 챙겨주세요』).

그다음 책을 낼 수도 있겠지만, 그 전에 이 책을 내는 이유가 있다. 첫 책인 만큼 나에게 각별하고 의미가 있기 때문이다. 첫 책을 내기 전까지는 글도 잘 못 쓰고 할 줄 아는 게 별로 없다고 생각했다. 자존감 낮은 사람이었다. 그런데 나와 내 삶을 주제로 쓰다 보니 글이 술술 써졌다. 글에 대한 자신감이 생겼다. 이 과정에서 내가 나를 더 잘 알 수 있었고 보다 진실한 마음으로 다가설 수 있었다. 그래서 애정이 많이 간다. 이 책이 다시 세상으로 나올 수 있어서 참 기쁘다.

또한, 그동안 '출가'에 대해 더 많이 생각해 보고 번민하고 방황하면서 정리된 것들을 이 책에 담았다. 앞으로도 생각은 계속 바뀌고 발전과 퇴보를 거듭하겠지만, 출가자로서 출가의 의미를 다시 한번 돌이켜 보는 것도 의미 있는 일이 되리라 생각한다.

2020년에 코로나19를 겪으면서 수많은 생각들이 지나갔다. 혼자 있는 시간은 더 많아지고 함께 나눌 기회는 줄었다. 혼자여도 홀로 설 수 있다면 괜찮다는 걸 알게 되었다. 이 과정에서의 겪은 성찰의 시간들이 참 소중하게 다가온다.

　　나의 삶과 그것에 대한 사색이 담긴 이 책을 통해 사람들의 마음이 치유되고 삶이 회복되면 좋겠다. 자신의 길을 찾지 못하고 방황하는 누군가에게 조그마한 길잡이가 될 수 있기를 바란다.

1장

떠나보니
알게 되는 것들

"자신의 가치를 발견한 사람에게는 용기가 생깁니다."

자신감과 자존감은 다릅니다.
자신감이 다른 사람들의 인정과 외적 목표의 성취로 인해 채워지는 것이라면
자존감은 존재 가치를 발견하고 존중해 주는 상태에서 발현됩니다.

남들에게 잘 보이려는 것은 욕심입니다.
나만의 가치를 찾아보세요.
욕심은 어느새 사라집니다.
가치를 실현함으로써 당당히 삶의 주인공이 되길 바랍니다.

숨 쉬듯
자연스러운 삶

남들처럼 되고 싶다, 남들과 다르고 싶다.

오늘도 우리는 상반된 두 마음 사이에서 신음하며 살아갑니다.

그럴수록 자존감은 점점 바닥으로 떨어지고요.

"낮은 자존감은 브레이크를 자주 밟으며 계속 운전하는 것과 같다."라

는 말이 있듯이

자존감이 낮은 상태에서는

속도를 제대로 내지 못할 뿐만 아니라

언젠가는 망가져 사고가 날 위험도 커집니다.

그럴 때 우리는 어떻게 해야 할까요?

일단, 바깥세상과 소음을 향한 신경은 잠시 끄고

자신의 가치에 집중해 보세요.

나라는 존재 그 자체를 알아차려 봅니다.

나로 인한 어떠한 결과가 아니라

지금 여기에 존재하는 나를 인정하는 겁니다.

내 존재를 자각하고 온전히 받아들임으로써 자존감은 세워집니다.

이 세상에서 가장 소중한 존재,

'나'의 가치를 발견하기 위해서는 노력이 필요합니다.

명상, 독서, 연애, 봉사활동, 일기 쓰기 등등

할 수 있는 것은 많습니다.

그중에서 가장 손쉬운 방법은

잠시 멈추고 호흡에 집중해 보는 것이 아닐까 합니다.

내 몸으로 들어왔다가 흘러나가는 숨을 따라가 보면서

자신의 가치를 느끼며 다독이고 인정해 주세요.

힘들고 절망적인 상황일수록

자신의 존재 가치를 발견하고

키우는 시간은 꼭 필요합니다.

● ●

"스님은 왜 출가하셨어요?"

처음 만난 사람들이 나에게 가장 자주 하는 질문이다. 나의 답은 아주 간단하다.

"행복해지고 싶어서요."

그러면 그들은 행복하기 위해 반드시 출가해야 한다고 생각하는 지 묻는다.

"아닙니다. 저에겐 그랬을 뿐입니다. 그 당시에는 스님이 되어 수행하는 게 좋았어요."

사실 나는 어려서부터 자존감이 약했다. 가정 형편이 좋지 않았고 특별히 좋아하는 것도 잘하는 것도 없는 평범한 학생이었다. 일류 대학과 번듯한 직장을 목표로 삼는 사람들처럼 나도 좋은 대학에 들어가 사회적으로 성공하는 것을 꿈과 희망으로 여겼다. 동시에, 남들과 다른 내가 되고 싶었다.

대학에 와 보니 높은 학점을 위한 공부가 공허해지기 시작했다. 내 가치가 성적으로 평가되는 시스템 속에서 만족하지 못하는 나를 발견했다. 고등학생 때는 대학에 가면 뭔가 특별한 일이 생길 거라 생각했는데……. 캠퍼스의 낭만을 꿈꿨지만 기숙사와 강의실, 도서관을 오가는 그 어디에도 낭만 같은 건 찾아볼 수 없었다.

'언제까지 버틸 수 있을까?'

좋은 학점과 진학, 취업을 위해 살아가는 시간이 즐겁지 않았다.

'누구에게 인정받기 위해 이렇게 살고 있지? 잘 먹고 잘살기 위해서 할 수 있는 게 이것밖에 없는 걸까?'

하지만 다른 대안이 보이지 않았다. 깊은 물 속에 빠진 듯 점점 숨이 차오는 날들이었다.

시인 에바 슈트리트마터는 〈가치들〉이란 시에서 이렇게 말했다.

어렸을 때 우린 맛보았다,
있는 그대로의 공기를
삶의 갈증을 해결해 주는 물을
탐하지 않는 사랑을
가벼운 마음으로 받아들였다.

이젠 숨쉬기도 힘들어하며

시간을 함께 들이마신다.

바쁘고 중요한 하루를 보내며

물 대신 포도주를 마신다.

사랑에서 벗어나

의무와 부담으로 움직인다.

그렇다. 어느새 나는 자연스럽게 숨 쉬는 법조차 잊은 채 이 삶을 온전히 누리지 못하며 살아가고 있었다. 온전한 공기가 아니라 온갖 의무와 부담을 들이마시면서! 그러다 문득 이런 생각이 들었다. 그럼, 자연스럽게 숨 쉬며 살아가는 방법을 찾아보면 되지 않을까…….

살다 보면 육체적으로 정신적으로 힘든 상황이 자주 생긴다. 직장에서 일하건 누군가와 만나건 예기치 못한 스트레스와 부정적 상황이 나를 힘들게 할 때가 있다. 심지어는 아무것도 안 하고 가만히 있는데도 불현듯 불안감이 엄습해 오기도 한다. 지나친 경쟁과 부담 속에서 우리는 제대로 숨 쉬는 법조차 잊고 산다.

늘 우리는 숨을 쉬고 있지만, 숨을 잘 쉬기란 쉽지 않다. 내가 하는 일에 집중하다 보면 숨쉬기에 소홀하게 된다. 충분히 숨을 쉬어 주지 않으면 어느새 피로가 누적되어 몸이 아프고 마음이 불안하며 정신은 지치게 된다.

예전에 나는 피곤하고 지치면 주로 잠을 청하거나 바깥바람을 쐬었다. 그것도 방법이 될 수 있지만 '지금, 바로, 여기'에서 하기에는 제한이 따랐다. 그런데 명상을 배우면서 들이쉬고 내쉬는 숨을 바라보고 알아차리기 시작했다. 계속하다 보니 여기엔 피로와 스트레스를 해소해 주는 효과뿐만 아니라 '진짜 나'를 찾는 비결도 있다는 것을 알게 되었다.

　들이쉬고 내쉬는 호흡에 집중하고 알아차렸을 뿐인데, 내가 누군지 알 수 있을 것 같았다. 내 존재가 더 생생하게 느껴지기 시작했고 피부로 둘러싸인 이 몸이 나의 전부가 아님을 알게 되었다.

　그날 이후로 세상을 바라보는 나의 시각은 완전히 바뀌었다. 보이지 않는 공기가 내 안으로 들어와 몸 안을 돌아다니는 사실이 새삼 신기하게 느껴졌다. 어떤 흐름과 에너지가 몽글몽글 느껴지기 시작했다. 이 경이로운 감각을 느끼면서 내 존재가 눈에 보이는 몸으로만 존재하는 것이 아님을 알게 되었고, 이 세상에도 보이지 않는 소중한 가치가 있음을 믿게 되었다. 그것만으로도 잃어버린 나를 찾은 듯했다. 나 자신이 더 소중하고 존귀한 존재로 느껴졌고 스스로를 존중하고 사랑할 수 있게 되었다.

　눈에 보이는 목표를 이루는 것은 자신감을 높이는 데는 도움이 된다. 반면 눈에 보이지 않는 것을 느끼면 자존감이 채워진다. 그동안 대학에 들어가 우위를 차지하기 위해 경쟁하는 노력이 자신감을 높이는 것이었다면, 숨쉬기를 터득하는 과정은 자존감을 키울 수 있었다. 열등감에서 벗어나 존재의 가치를 발견할 때, 내부로부터 나오는 힘으로 나를 더 아끼고 사랑해줄 수 있으리라.

물론 이 세상을 가치 있고 행복하게 살아가는 데는 자신감과 자존감이 다 필요하다. 모든 것에는 균형이 필요하듯 행복한 삶을 위해서는 자신감과 자존감을 모두 키워야 한다. 자신감과 자존감 사이에서, 남들처럼 살고 싶은 마음과 남들과 다르고 싶은 마음 사이에서 나는 중도中道를 찾아야 했다.

그리고 이 모든 건 지금 이 순간, 내 안으로 들어왔다가 나가는 숨과 에너지, 눈에 보이지 않는 이 흐름을 바라보고 알아차리는 것에서 시작됐다.

• •

많은 답
찾을 필요 있나요.
오늘 그냥 하나 정도
올해 그냥 한 가지 정도
이번 생에 한 번 답할 수 있으면
된 거 아닐까요.

너무 조급하게 살 필요 없어요.

하나씩 찾다 보면

하나씩 찾아지게 될 테니까요.

너무 많은 말을 하지 않고

너무 많은 것들 짓지 않고

너무 많은 인연 안 만들고

이게 낫지 않을까요.

할 수 있는 선에서

하나씩 하면서

그냥 살아가요.

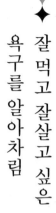

잘 먹고 잘살고 싶은
욕구를 알아차림

내가 하고 싶은 것을

할 수 있도록 허락해 주세요.

할 수 없을 거라 지레짐작하지 말고

가만히 내 안의 소리에

귀 기울여 주세요.

처음에는 잘 모를 거예요.

내가 원하는 것이 무엇인지.

포기하지 말고 계속 들어 봐요.

진짜 나의 바람은 깊은 곳에서 울려오기에,

욕망의 소음들은 내 고유의 것이 아니기에,

귀를 기울이고 내면의 소리를 들어 봐야 합니다.

내가 원하는 게 무엇인지

알게 되는 것은 무엇보다 중요합니다.

그것을 알게 되었을 때 이미 우리는

그것을 이룬 것이나 다름없으니까요.

• •

나는 학창 시절 때부터 식욕과 수면욕이 왕성한 편이었다. 식욕은 먹는 것에 대한 집착에서 오는데, 그것을 내려놓기가 참 어려웠다. 저녁잠도 많은 편이라서 밤 9시만 돼도 졸음이 쏟아졌다. 대학 입시를 준비할 때도 졸음을 참느라 애를 먹었다.

대학에 들어와 기숙사 생활을 하면서 자연스레 부모님과 떨어져 살게 되었다. 부모님의 관심과 사랑에서 멀어지는 건 아쉬웠지만 간섭을 받지 않는 것으로 자유가 보장된 듯했다. 처음에는 이 자유가 좋았다. 뭐든 내 마음대로 할 수 있을 것 같은 기분이 들었다.

자유에는 책임이 따른다. 자신을 스스로 책임지기 시작하면서부터 어른이 된다고 했던가? 어른이 되는 과정에서 겪는 성장통 같았다. 나에게는 욕구에 대한 문제가 가장 크게 다가왔다. 다양한 욕구에 대한 고민과 성찰이 나를 출가자로 이끌지 않았을까?

학교 수업을 마치고 기숙사에 돌아오면 개인 시간을 보내거나 친구들과 모임을 했다. 친구들과 컴퓨터게임이나 과제를 하는데 시간이 길어지고 밤이 깊어지다 보면 야식이 땅긴다. 밤에 먹는 음식은 건강에도 안 좋고 살을 찌게 하는 주범이다. 그렇다고 나 혼자 안 먹겠다고 할 수도 없고, 배가 고프기도 한 터라 거부할 수 없는 유혹에 넘어갔다.

야식을 먹고 바로 자면 어김없이 후폭풍이 밀려온다. 얼굴은 붓고 속은 더부룩하며 살도 찐다. 먹고 나서 최소 두세 시간은 졸음을 참으며 소화를 시켜야 한다. 배가 부르면 잠이 더 잘 오는 게 문제다. 백이면 백 야식과의 전쟁에서 백기를 들 수밖에 없었다. 아침이 되면 부은 얼굴과 뒤집힌 속을 부여잡고 자책하기도 여러 번이었다. '난 왜 이정도밖에 안 될까?' 자괴감이 든다. 사소한 일이지만 그냥 흘려버릴 수 없는 문제이기도 했다. '큰 사람이 되겠다는 사람이 고작 먹고 자는 것 하나 조절하지 못하나⋯⋯.' 박약한 의지 때문에 매일 후회하는 삶을 살아가는 것 같았다. 먹고 자는 것을 컨트롤하지 못하는 자신을 책망했다.

그 당시 나는 '현재의 나'를 있는 그대로 받아들이는 태도가 부족했던 것 같다. 식욕과 수면욕을 주관하지 못하는 자신을 인정 못 했고 '이러이러한 모습이어야 한다'라는 상에 사로잡혀 있었다.

지금 생각해 보면, 욕구가 무엇인지조차 잘 이해하지 못했던게 아닐까. 먹는 행위를 통해서 행복감을 느끼며 에너지를 비축하려는 욕구(식욕)와 편안한 잠자리에서 수면을 통해 에너지를 충전하고자 하는 욕구(수면욕)는 인간이 살아가는 데 필요한 가장 기본적인 욕구다. 심리학자 매슬로의 '인간 욕구 5단계 이론'에 근거해 보면 내가 고민했던 식욕과 수면욕은 1단계 생리적 욕구에 해당한다.

욕구 5단계를 순차적으로 살펴보면, 1단계 '생리적 욕구'가 충족된 후 2단계 '안전의 욕구'가 나타난다. 이 욕구는 위험, 위협, 박탈에서 자신을 보호하고 불안을 회피하려는 성격이 강하다. 그다음으로 3단계 '사회적(애정·소속) 욕구'는 가족, 친구, 친척 등과 친교를 맺고 원하는 집단에 귀속되고 싶어 하는 욕구를 말한다. 4단계 '존경의 욕구'는 사람들과 친하게 지내고 싶은 인간의 기초가 된다. 내적으로 인정해 주고(자존감) 외적으로 인정받으면서(자신감) 어떤 지위를 확보하기를 원하는 욕구다.

이 모든 욕구가 충족되면 마지막으로 5단계 '자아실현 욕구'가 나타나는데, 자신을 계속 발전시키고 잠재력을 최대한 발휘하려는 욕구다. 다른 욕구와 달리 욕구가 충족될수록 더욱 커지는 경향을 보여 '성장 욕구'라고도 불린다.

출가하고자 하는 욕구도 이와 관련이 있었다. 인간이 궁극적으로 추구하는 '자아실현 욕구'가 작용했기 때문이다. 그렇다고 생리적 욕구를 비롯한 안전·사회·존경의 욕구가 모두 충족된 것은 아니었다. 나는 출가라는 다소 극단적이며 급진적인 방법으로 자아실현의 길을 걷게 되었다.

새해가 되면 대체로 새로운 결심으로 삶을 바꾸려는 의지가 생긴다. 어느 날 갑자기 그런 마음이 솟아나는 때도 있다. 자신의 잘못된 오래된 습관을 바꾸려고 하거나, 안락함을 준 익숙한 환경을 떠나 미지의 세계로 나가려고 하는 사람들도 있다. 그럴 때, 자신이 무얼 원하는지 무얼 위해 바꾸려는 건지 생각해 보면 좋겠다.

자신의 욕구와 동기를 발견하고 그 소리에 귀를 기울인다면, 변화와 개선은 보다 쉬울 것이다. 결국 새로운 차원에서 '잘 먹고 잘사는' 행복의 길이 보일 것이다.

근심과 곤란으로 세상을 살아간다는 것

세상살이에 곤란함이 없기를 바라지 말라.

세상살이에 곤란함이 없으면 업신여기고 사치한 마음이 생기나니.

그래서 성인이 말씀하시되

'근심과 곤란으로써 세상을 살아가라' 하셨느니라.

공부하는 데 마음의 장애가 없기를 바라지 말라.

마음에 장애가 없으면 배우는 것이 넘치게 되나니.

그래서 성인이 말씀하시되

'장애 속에서 해탈을 얻으라' 하셨느니라.

일을 꾀하되 쉽게 되기를 바라지 말라.

일이 쉽게 되면 뜻을 경솔한 데 두게 되나니.

그래서 성인이 말씀하시되

'어려움을 겪어서 일을 성취하라' 하셨느니라.

_『보왕삼매론寶王三昧論』 중에서

· ·

　카이스트는 학부생이 4천여 명, 석박사 대학원생이 6천여 명에 이르는 연구 중심 대학이다. 2012년 봄 학기, 나는 학생 수가 1만여 명이나 되는 학교에 명상 동아리가 없다는 사실을 알게 되었다. 불교 동아리가 있지만 잘 운영되지 않는 실정이었다. 안타까운 마음에 나 혼자서라도 명상 모임을 시작해 보기로 했다.

　즉시 나는 전단 홍보를 시작했다. 눈물 젖은 빵을 먹어 본 사람이 가난의 서러움을 안다고 했던가. 손때 묻은 전단을 붙여 본 자만이 눈물겨운 홍보의 속사정을 알 수 있다. 학내 게시판을 군데군데 찾아다니며 전단을 한 장 한 장 붙이는데 사람들의 시선이 따갑게 느껴졌다. 잘못한 것도 없는데, 괜히 불편했다.

　내 마음의 문제였던 것 같다. 같이 수업을 듣는 학생들, 절친했던 선후배들이 지나가는 것 같았고 나를 안쓰럽게 쳐다보는 것만 같았다. 모든 건 마음에서 비롯된다고 하는데…… 뭔가 겸연쩍고 부끄러운 마음, 사람들의 따가운 시선을 피하고 싶은 마음에 무척 힘이 들었다.

전단 붙이기에 이어 나는 카이스트 학생들이 자주 이용하는 '아라ARA'라는 커뮤니티 사이트에 홍보 글을 올렸다. 글을 올리기 전까지 몇 번이나 망설였는지 모른다. '사람들이 나를 어떻게 생각할까?', '이상한 걸 가르친다고 비판하지 않을까?', '글의 조회 수가 적거나 무관심하면 어떻게 하지?' 등등. 걱정은 끝도 없었다.

수행자라면 마땅히 이런 사소한 걱정들에서 자유로워야 한다고 생각했기에 나 자신에게 더 화가 나고 이해할 수 없었다. '이게 뭐 어려운 일이라고……' 자괴감이 들었다. 그렇게 한참을 망설이다가 용기를 내기로 했다. '으샤으샤' 스스로를 다독이며 긍정적인 상상을 해보았다. 모든 활동을 마친 후 기숙사에 돌아와 곰곰이 생각해 보았다.

'왜 그리도 힘들었을까?'

전단을 벽에 붙이고 온라인에 홍보할 때의 마음을 『보왕삼매론』이라는 불경에 비추어 보니 불편했던 이유를 조금 알게 되었다. 『보왕삼매론』은 옛 선사들의 교훈을 통해 어떤 마음가짐을 갖고 살아야 할지 가르쳐 주는 불교 경전 가운데 하나다. 삶에서 겪게 되는 여러 가지 곤란함을 슬기롭게 대처하는 10가지 방법을 상황별로 일러 주는 '인생 밀착형' 가르침이라고나 할까.

"세상살이에 곤란함이 없으면 업신여기고 사치한 마음이 생기나니, '근심과 곤란으로써 세상을 살아가라' 하셨느니라."

이 말씀은 불편한 사람을 만나거나 힘든 일을 할 때 적용하면 좋다. 세상에는 수많은 사람이 있고 나와 잘 맞는 사람과 그렇지 않은 사람이 있다. 직장에 가면 꼭 '또라이'가 있다. 자신이 또라이가 아니라고 생각하는 사람일수록 그럴 확률이 높다. 나만 정상이고 다른 사람은 비정상이면 역으로 나만 비정상이라는 얘기가 된다. 누구나 다 비슷한 입장과 처지라고 여길수록 정상에 가까운 사람이다.

그걸 알든 모르든 현실은 고달프다. 그래도 알고 당하면 조금 낫다. 직장에 막 입사한 사원은 '라떼는 말이야'라는 꼰대 상사를 만나게 된다. 직장 생활을 오래 한 과장과 부장은 실력은 없는데 시도 때도 없이 토를 다는 팀장과 대리 때문에 괴롭다. 사원은 이제 좀 적응할까 싶은데 개념 없는 신입이 들어와서 또다시 고생 시작이다. 직장 생활이 안 맞나 싶어서 창업하면 진상 손님이 출근 도장을 찍듯이 찾아온다.

나도 부족하고 남도 부족하다. 부족한 사람들끼리 어울려 살아가는데 늘 쉬울 수는 없다. 오히려 나의 부족함을 개선하고 상대의 그 것을 채워주는 편이 더 낫다. 계속 신세 한탄을 하다 보면 시간은 흘러 가고 내 속은 곪아 병만 만들 뿐이다. 오히려 곤란한 상황이 있어서 나를 점검할 수 있고 방만하고 안일했던 모습을 알게 된다. 그렇게 여기면서 한 걸음 두 걸음 나아가야 할 것이다.

"일이 쉽게 되면 뜻을 경솔한 데 두게 되나니, '어려움을 겪어서 일을 성취하라' 하셨느니라."

일이 술술 풀리면 당장은 좋은 것 같지만, 사람 귀한 줄 모르게 되고 세상을 너무 만만하게 여기게 된다. 광대무변한 우주에서 보면 이 지구는 티끌처럼 작고, 거기에 사는 우리 인간들은 정말 작은 존재다. 세상에 태어나 어렸을 때는 부모님의 보살핌을 받고 성장하면서 스승과 선후배를 만나 가르침을 받고 배움을 얻는다. 내가 먹고 입고 자는 그 모든 것들은 오래전부터 자연에 원래 있었던 것들이고 누군가의 수고를 거쳐 나에게 온 것이다. 어려움 없이 일이 잘 풀리게 되면 그것이 자신이 잘나서 그렇게 된 것이라고 착각하기 쉽다. 하지만, 무언가를 성취하는 과정에서 어려움을 겪고 그것을 극복하다 보면 그 가치에 대해 귀하게 여기게 된다. 그 과정에서 도움을 준 많은 것들과 인연에 감사함을 갖는다.

중국 송대의 철학자 정이程頤는 어려서 성공하는 것을 세 가지 불행 중 하나라고 했다. 즉 소년등과일불행少年登科 一不幸이다. 어린 나이에 성공하면 실패의 경험이 별로 없다. 자신의 능력을 과신하거나 행운이나 요행만 바라게 되고 자만에 빠지기 쉽다. 그러다 보면, 중장년에 실패할 가능성이 크다는 것이다.

그 당시 나는 모집이 빨리 돼서 동아리 활동을 할 수 있기를 원했다. 번갯불에 콩 구워 먹듯 그냥 빨리 진행되면 좋겠다고 생각했다. 그러한 나의 바람과 간절함이 잘못된 것은 아니라고 생각한다. 하지만 모든 일에는 순서가 있고 그 과정에서 필요한 내용이 있어야 한다. 자동차를 만드는 공정에서 나사 하나만 빠져도 대형 사고로 이어질 수 있다. 그처럼 단체를 하나 만들고 활동하는 일이 그냥 뚝딱하고 되는 게 아니다.

불교의 가르침 가운데 인연과보因緣果報란 말이 있다. 뿌린 대로 거둔다는 의미다. 콩 심은 데 콩 나고, 팥 심은 데 팥 나는 법이다. 응당 자신이 흘린 땀과 노력의 대가를 받는 것이 당연한 이치다. 어리석은 사람들은 적은 노력으로 좋고 큰 과보를 받고자 한다. 나 역시 동시에 여러 일이 잘 성사되었으면 하는 바람이 컸다. 과분한 욕심이었다.

일이 잘 풀리지 않으면 그만한 이유가 있고, 그 원인을 점검해서 고치고 나야 좋은 결과가 나온다. 원인에 문제가 있다면 차라리 일이 잘 풀리지 않는 것도 좋다. 나중에 문제가 곪을 대로 곪아 터져버리는 최악의 상황보다는 낫기 때문이다. 한편, 일이 쉬이 풀리면 자신의 서원과 뜻이 흐트러질 수 있다. 잘 안 풀릴 때 자신의 부족한 점을 체크할 수 있다. 일의 취지와 참뜻을 다시 생각해 보면서 바람직한지 그렇지 않은지 점검해 볼 수 있다. 그래서 일의 중간중간에 막히는 지점도 필요하다. 그 지점에 머물다 보면 통하는 포인트를 찾을 수 있게 된다.

요즘도 유튜브나 SNS에 홍보성 글을 올려야 할 때가 생긴다. 집필한 책을 소개하기도 하고 행사 참여를 독려할 때도 있다. 이젠 예전처럼 부담이 크진 않다. 그리고 부담감을 나쁘게만 생각하지 않는다. 마음이 무거우면 '무겁구나'라는 걸 알아차리고 받아들이면 된다. 그러면 문제의 원인이 쉽게 보인다. 하나의 수행이고 공부의 재료가 된다.

매 순간 맞닥뜨리게 되는 여러 상황과 어려움을 회피하는 것은 바람직하지 않다. 있는 그대로를 직시할 수 있으면 좋겠다. 인식하고 인지했다면, 인정하고 받아들이는 모습이 좋다. 어려운 상황을 슬기롭고 지혜롭게 대처할 수 있는 방법이다.

● ●

지금의 내 모습이 싫어질 때
모든 걸 버리고 싶어질 때

자신감 자존감 낮아질 때

새로운 결심을 해 봅시다.
현재를 그대로 받아들임.
어제의 나보다 성장하기.

갑자기 잘하기 어려워요.
꾸준한 노력이 있어야죠.
노력의 결실은 있습니다.

어느 날 갑자기 보입니다.
달라진 내 모습 작더라도
처음엔 작지만 커집니다.

희망을 버리지 마세요.
지금의 나에게 말하세요.
충분히 잘하고 있다고요.

넘치는 자유를 어떻게 다룰 것인가

소리에 놀라지 않는 사자와 같이

그물에 걸리지 않는 바람과 같이

흙탕물에 더럽히지 않는 연꽃과 같이

무소의 뿔처럼 혼자서 가라.

_『숫타니파타』 중에서

양팔을 벌려 불어오는 바람을 느껴 보자. 바람은 그물에도 걸리지 않고 어디든 갈 수 있으며 자유로운 느낌을 준다. 일상에서 쓰는 표현 중에 간절히 원하는 것을 '바람'이라고 한다. 현실의 한계를 뛰어넘어 자유롭기를 원하고 이루어지기를 소망한다는 점에서 어디든 갈 수 있는 자연의 '바람'과 그 의미가 통한다. 우스갯소리로 연애에서 지나치면 '바람피운다'라고 하는데 어떤 면에서 맥락이 통한다.

'바람' 하면 제주도가 떠오른다. 제주도는 특히 바람이 많이 분다. 그래서일까? 많은 사람이 제주도로 여행을 떠난다. 수학여행과 신혼여행의 단골 장소이기도 하고, 뭔가 답답하고 일이 풀리지 않을 때 힐링이나 휴식을 위해 제주도에 가기도 한다. 이렇듯 바람은 우리에게 자유로운 마음이 되도록 해 주며 걸림 없이 살도록 도와주는 것 같다.

그런데 바람은 자기 마음대로 아무런 규칙 없이 불지 않는다. 철저히 자연의 원리와 이치를 바탕으로 흐른다. 공기 밀도가 높은 고기압에서 낮은 저기압으로 불어 가는데, 그것은 주변의 온도와 지구의 움직임 등 여러 가지 요소가 복합적으로 적용된 결과다. 이것이 바로 자연의 질서이자 한 치의 오차도 없는 아름다움의 극치다.

이것을 우리의 삶에 적용한다면, 바람을 불게 한 '자연의 원리'가 있듯이 자유를 있게 한 '자유의 원리'가 있다고 본다. 자유의 원리가 곧 '책임과 규율'이다. 책임을 떠난 자유는 방종이 되고, 자신을 제어

하는 규율이 없다면 마음의 질서는 흐트러지게 된다. 자유로운 마음은 길을 잃고 방황하게 되는 것이다.

이 원리를 대학에 진학하면서 차츰 이해하게 되었다. 공부와 학점이라는 책임을 회피하면서 편하게 지내고 싶어 했다. 자유로워지고자 했으나, 성립되지 않았다. 덕분에 학사 경고라는 명예롭지 못한 훈장을 받을 수 있었다. 자연의 원리를 벗어난 바람이 없듯이 말이다.

대학생이 되니 부모님과 선생님의 간섭이 현저히 줄어들었다. 그때 느낌, 자유의 쾌감이 좋았다. 그만큼 불안감도 커졌다. 부모님이 바라는 훌륭한 사람, 선생님이 기대하는 뛰어난 인재는 될 수 없었다. 그런 사람이 될 필요성도 느끼지 못했다. 이제 나 스스로 삶을 구상하고 계획하고 실천하며 발전해 나가야 하는 처지가 된 것이다.

이 불안함은 가치관의 혼란과 삶의 방황으로 이어졌다. 부모님과 선생님들은 내가 사회의 모범적인 사람이 되기를 원했다. 중고등학교 때만 해도 울타리 안에서 모범적으로 살아가는 것이 그리 어렵지 않았다. 답답하긴 했지만 대학 입시라는 목표를 두고 부지런히 공부하고 규율을 지키면서 남에게 피해 주는 일은 하지 않으면 되니까.

그러나 대학에서의 상황은 그리 단순하지 않았다. 모든 게 나의 '자유'에 의해서 결정되기 때문이다. 그동안 내가 익숙했던 어른들이 정해 준 규율과 목표는 어디에도 없었다. 알바나 과외를 하면서 돈벌이를 해도 되고 수업을 열심히 듣고 과제를 충실히 수행하면서 이른

바 학점의 '에이스'가 될 수도 있었다. 아니면 친구들과 놀러 다니거나 미팅을 해도 되고 여러 동아리 활동이나 대외 활동을 해도 된다.

그 어디에도 어떻게 살아야 한다는 '정답'은 없었다. 불안은 점점 더 커져만 갔다. 중고생 시절에는 다른 학생들처럼 학교에 갔다가 학원을 가거나 자율학습을 하면 됐지만 이제는 무얼 하든 상관없어졌기 때문이다. 수업에 들어가지 않고 게임만 한다고 뭐라고 할 사람도 없었다. 가까운 친구나 선후배라 할지라도 "자기 인생 자기가 책임지는 거니까, 지 인생이려니……." 하며 그저 지켜볼 뿐이었다. 정답과 통제에 익숙해져서 20년간 살아오다가 막상 성인이 되고 나니 막막함이 앞섰다. 나를 제어하고 지탱하는 '시스템'이 사라져 버린 듯했다.

그래서 출가의 길을 선택했는지도 모른다. 절에서 자유와 책임에 대한 교육을 받을 수 있었다. 출가사문이 되어서 계를 받고 수행자의 길을 시작하니 마음의 불안이 사라지고 편안해졌다. 당장 해탈을 하고 깨달은 것은 아니지만, 이 길을 계속 가다 보면 아무런 걸림이 없는 궁극의 자유를 얻을 수 있을 거라는 희망이 생겼다.

스무 살이 되기 전 학교생활은 성실함을 익히고 규율을 엄수하는 수련의 과정이다. 그 이후부터는 사회인으로서 각자 나름대로 다양한 삶의 방식이 펼쳐지는데, 주의해야 할 점은 자유에 대한 올바른 관점을 세우는 것이다. 마음대로 살면서 책임지지 않는 것을 자유라고 할 수 없다. 하고 싶은 대로 놀고먹고 자면서 좋은 직장, 좋은 사람과 인연을 맺고 행복해지기를 바라는 것은 한낱 욕심일 뿐이다. 마음은 시시각각 변하고 산란한다. 날씨가 바뀌는 것처럼 오늘의 마음과 내일의 마음이 다를 수 있고, 아침 마음과 저녁 마음이 바뀔 수 있다. 이렇듯 그저 마음 흘러가는 대로 살아가는 것을 '방황'이라고 한다.

어떤 사람들은 자기 마음대로 살면서 어느 날 갑자기 방황이 찾아왔다고 푸념한다. 그런 이들에게 나는 '계율', '율법', '규율', '행동 강령'을 줄 수 있는 스승이나 멘토를 찾거나 공동체에 소속되기를 권한다. 나는 승단이라는 불교의 '수행 공동체'에 들어오면서 계율을 받게 되었는데, 그것을 지키는 과정에서 중심이 잡혀가고 가치관이 생겼다. 세상을 사는 '지혜'는 어디로 튀어 흘러갈지 모르는 마음을 다잡는 '계율'에서 시작한다. 계율을 지킨다는 것은 우리가 본능적으로 행해왔던 습관적인 사고와 행동을 '잠시 멈추는 것'이다. 잠시 멈추어 자신을 돌아보고 주변을 살펴야 한다.

그래서 나는 스승과 도반을 만났고 수행 초기에 많은 도움이 되었다. 삶의 계율을 정해주고 확인해 주는 존재가 있어서 참 좋았다. 내가 믿고 따르는 존재가 해 주는 말과 행동은 귀감이 되었다. 저렇게 살아가면 된다는 이정표로 여길 수 있었다.

나의 첫 번째 스승과의 인연은 대학교 1학년 가을학기에 시작되었다. 지금 생각해 보면 갓 성인이 된 나는 세상 물정 모르는 어린아이였던 것 같다. 사회 초년생이라면 누구나 그렇겠지만, 나의 경우는 좀 더 심했다. 대학 생활에도 적응하기 어려웠고 어떻게 살아야 하는지 고민이 많았다. 그 답을 찾지 못한 채 막무가내로 공부는 하고 싶지 않았다. 그때 스승은 삶의 길잡이가 되어 주었다. 진리의 사람으로 살아가는 법, 명상과 기도하는 법, 공동체 안에서 서로를 배려하고 도우면서 상생하는 방법 등을 익힐 수 있었다.

하루하루의 삶은 힘들면서도 즐거웠다. 낮에는 탁발 수행을 하면서 온종일 걸어 다니고, 밤에는 경전을 공부하며 염불과 수백 수천 배의 절을 했다. 새벽에 일어나 명상을 하고 기도하는 시간을 가졌다. 그러다 보니 수면은 부족하고 체력은 떨어지게 되었다. 점차 적응이 되고 체력이 길러지니 익숙해지면서 지속할 수 있는 힘이 생겼다. 어느새 습관이 되어서 자연스러워지게 되었다.

하지만 시간이 지남에 따라 나는 그 존재의 권위와 가르침에 익숙해지고 어느새 종속되어 버렸다. 그건 문제였다. 확실한 미래와 구원, 깨달음이 보장된 것 같은 환상을 일으켰다. 그렇게 믿고 싶었던 것이다. 내 삶에 내가 없었다. 내가 아니라 남에 의해 살아가는 것 같았다. 방황을 멈추기 위해 정한 계율과 사람 속에 묻혀버린 것이다. 그러한 것들을 스승 아래에서, 공동체 안에서 10여 년 수행하는 동안 많이 느꼈다.

어느 날, 문득 그걸 깨닫게 되었다. 이렇게 살아서는 안 되겠다는 것을……. 아무리 가르침이 좋을지라도 내 삶이 없다면 그것은 진정한 행복이 아니다. 처음에 유익하고 도움이 되었어도 시간이 지나 내가 성장했거나 상황이 변하게 되었다면, 그 시점을 기준을 다시 생각해 볼 필요가 있다. 그래서 나는 현재 봉은사 주지로 계시는 원명 스님을 은사로 모시고 조계종에서 다시 스님 생활을 시작했다. 6년 전 스님께서 조계사 주지 소임을 보고 계실 때, 아는 스님의 소개로 인사를 드리게 되었는데 그 자리에서 제자가 되는 것으로 결정됐다. 이런 걸 운명(?)이라고 하는 것 같다. 좋은 은사 스님을 만나서 좋은 환경에서 공부도 하고 수행을 할 수 있게 되었다.

첫 번째 스승을 통해서 엄격한 규율과 타이트한 수행 그리고 공동체 의식을 배웠다면 지금의 스승에게는 보다 더 편안하고 다정한 마음을 느낀다. 내가 삶의 주인공이 될 수 있도록 자리를 만들어 주시고 힘을 실어 주신다. 부족한 점에 대해 실수한 것에 대해 책망하거나 비난하지 않는다.

나를 믿어 주고 지지해 주는 존재를 만나는 건 큰 행운이다. 그 인연에서 계율과 의무 그 너머의 무엇을 알게 되었다.

• •

삶은 시험과 평가의 연속인 것 같다.

시험의 출제자와 평가자를 모른 채

시험에 들고 평가를 받는다.

그 과정과 결과에서 상처 입고

좌절하며 낙망하고 실패한다.

반면에, 시험보다는 시도로

평가보다는 평상심으로 볼 때

나를 힘들게 하는 요소들은

그냥 사라진다.

아주 간단하다.

그저 온전히

자신의 가치에 집중하면 된다.

주변과 비교할 필요도 없다.

누구도 나를 시험하고 평가할 수 없다.

쓸데없는 고민에 휩쓸리지 말고

불필요한 자만에 무너지지 말자.

자기 자신을 격려하고 응원하며 칭찬하자.

지금껏 잘해왔다고,

지금에 만족하고 감사할 수 있다고,

앞으로도 난 괜찮을 거라고 말이다.

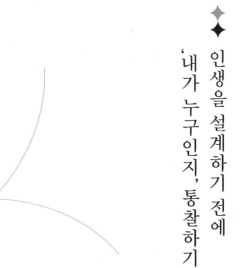

인생을 설계하기 전에
'내가 누구인지,' 통찰하기

정해진 장소와 시간에서 벗어나지 못하는 상황이 있지요.
예컨대 학교 수업, 직장 사무실, 각종 훈련에서
지루하거나 힘들 때 잘 보내는 방법이 있습니다.

피하고 벗어나려 하기보다는
일단 알아차리고 그냥 지켜보세요.
몸도 마음도 한결 편안해집니다.

힘듦, 지루함, 짜증, 답답함 등

여러 형태로 나타나는 부정적 요소를
'있는 그대로 바라보는' 겁니다.

이 상황이 끝나지 않는다고 불평하는 건
불난 데 기름 붓는 것과 마찬가지입니다.
마음은 초조해지고 상황은 더 악화될 뿐입니다.

불평하기보다 받아들이고 그냥 지켜보세요.
어느새 고통은 사라지게 됩니다.
긍정적인 에너지가 차오를 것입니다.

● ●

　서울에서 함께 수행하고 봉사하는 청소년, 대학생들과 지리산 청학동에서 템플스테이를 했다. 산사에 와서 이런저런 이야기를 나누다 보니 그들의 갈등과 방황 그리고 애환에 대해 조금은 알 수 있었다. 개인의 문제를 확장해 보니 현대사회의 모순과도 연결됐다. 이에 대해서도 터놓고 이야기하는 시간을 가졌다.

　오늘날 사회는 명문 대학에 입학하고 높은 연봉과 사회적 지위를 보장하는 직업을 갖는 것이 성공의 척도로 여겨지고 있다. 입시와

취업에 목숨 걸고 달려드는 젊은이들이 대부분이다. 십 대 청소년들이 원하는 대학의 원하는 학과에 가기 위해 공부하는 것, 이십 대 청년들이 좋은 직장에 들어가기 위해 취업 준비를 하는 것이 그 시기에 가장 중요한 과업으로 여겨진다.

그러나 정작 우리는 '얼마나 의미 있고 가치 있는 삶을 살아가는지'. 대부분은 사회에서 인정받고 물질적으로 모자람이 없는 안정적인 삶을 더욱 권한다. 각자의 개성을 살려 진취적이고 창조적인 삶에 도전하라는 격려와 응원이 절실하게 느껴진다.

산마루에서 불어오는 시원한 바람을 맞으며 한창 열띤 토론이 이어졌다. 몇몇 학생이 삶을 어떻게 디자인하고 설계해야 하는지 물었다. 나는 "자신에게 적합한 미래의 모습을 상상하면서 밑그림을 그려야 한다."라고 답해 주었다.

"우리의 인생을 집 짓는 데에 비유해 봅시다. 설계도를 그리는 것은 집을 짓기 위한 기초 작업으로 매우 중요한 일입니다. 좋은 자재를 쓰고 성실한 인부를 고용해서 집을 짓는다고 해도 설계도에 문제가 있으면 말짱 도루묵이 되니까요. 만들어진 건축물이 아무짝에도 쓸모없는 폐허나 무용지물이 되어 버릴 수 있습니다. 또 건물을 짓기 위해서는 그 주변의 아름다운 경치와 조화를 이루면서도 특별한 건축 양식을 적용하는 것이 바람직합니다. 트렌드라고 해서 서울이건 지리산

이건 제주도건 간에 똑같은 방식의 건축물을 짓는다면 그 주변과 조화를 이루지 못한 채 어색하고 부자연스러운 모습이 되지 않겠어요?"

인생을 설계할 때 중요한 것이 있다. 바로 '통찰'이다. 이것은 예리한 관찰력으로 사물을 꿰뚫어 본다는 뜻이다. 심리학에서는 통찰을 새로운 사태에 직면하여 장면의 의미를 재조직함으로써 갑작스럽게 문제를 해결하는 것이라고 한다. 이러한 능력은 선천적으로 타고나기도 하지만, 많은 경우 훈련을 통해 계발할 수 있다. '마음챙김'과 '알아차림'이라고 하는 통찰 명상은 좋은 방법이 되어 준다. 있는 그대로를 바라보고 받아들이며 알아차리는 수련이다.

통찰을 먼저 행하는 이유가 뭘까? 한번 생각해 보자. 내가 얼마나 진정으로 원하는 것을 보려고 했는지를. 우리는 바쁘다는 핑계로, 주변에서 다른 것을 원한다는 이유로 '나'에 대해서 진정으로 알아보려고 하지 않는다. 그에 대한 대가를 방황의 시간으로 치른다. 지금이라도 그 혼란을 멈추기 위해서는 이 순간 잠시 멈추고 자기 자신에 대해서 관심을 두고 바라볼 수 있어야 한다.

내가 십 대와 이십 대를 거쳐 오면서 가장 많이 던진 물음은 '앞으로 어떤 존재가 될까?', '무얼 해야 할까?'와 같은 나의 존재와 행위에 관한 질문이었다. 누군가에게 조언을 구하거나 자문하기도 하고 다른 사람의 인생을 들여다보기도 했다. 하지만, 그보다 더 중요하고 의미 있는 일은 스스로 묻고 있는 그대로를 지켜보는 것이다. 답을 정해 놓고 묻는 것이 아니라 아무것도 모른다고 생각하고 진짜 궁금한 마음으로 묻고 내 안에서의 답을 찾는 것이다.

지금 이 순간도 나와 여러분 모두는 '내가 누구인지' 탐구하며 살아간다. 그리고 있는 그대로를 지켜봄으로써 내 안에서 답을 찾는 통찰의 지혜를 발휘하고 있다. 꾸준하고 성실하게 들여다보고 찾다 보면 보석 같은 본성의 가치를 만날 수 있을 것이라 믿는다.

● ●

하고 싶은 것과 해야 하는 것,
그리고 할 수 있는 것 가운데
어디에 우선순위를 둬야 할까요?

먼저, 해야 하는 것은 기본적으로 어느 정도 해줘야 합니다.
하고 싶은 걸 하기 위해서 희생과 고통이 따릅니다.
지금 당장 먹고살아야 하는 부분도 있고
사회적 존재로서 의무이기도 합니다.

할 수 있는 것이 가장 중요합니다.

해야 하는 것과 하고 싶은 것도

그걸 할 수 없다면 아무 의미가 없을 테니까요.

내가 특히 잘할 수 있는 한 가지를 찾는다면

그 일은 점차 내가 하고 싶은 일이 되며

해야 하는 일의 비중도 줄어들 것입니다.

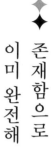

존재함으로
이미 완전해

존재함만으로도 진실하고 따뜻한
그런 사람이 되고 싶습니다.

사랑이 넘치고 정이 많으며
애정이 돈독한 그런 사람의
향내가 나면 좋겠습니다.

늘 마음 깊이 머무르며 사유하고 철학하여
지혜의 빛을 밝히는 등불 같은 사람이면

참 좋겠습니다.

늘 소통하고 공감하며 기쁨과 슬픔

모든 걸 나누고 상생하는 우리이고 싶습니다.

••

남과 비교하기 시작하면 자신에 대한 불만이 생긴다. 결국 자신을 스스로 불행으로 이끈다. 비교하지 않고 스스로 존재 자체를 느낄 수 있을 때 자기 자신에 대해 만족하게 된다. 비로소 우린 행복할 수 있다.

이미 내 존재 자체로 완전한데, 남과 비교하면 자꾸만 무언가가 더 필요하다고 여기게 된다. 남과 비교하는 것에서 불만이 시작되고 이는 불행을 자초한다. 불가에서는 시시분별을 따지는 것 자체가 어리석음이라고 가르친다. 남과 비교하는 어리석음은 나 자신의 부족함을 커 보이게 하고, 그 문제의 원인을 나에게 열등감을 준 상대에게서 찾게 한다.

출가를 하고 한동안 왠지 모를 패배 의식에 사로잡혀 있었다. '공부하기 싫어서 출가한 건 아닐까?', '경쟁에서 밀리고 열등감에 사로

잡혀 출가한 건 아닐까?' 내 안에서 그런 소리가 들리는 것 같았다. 하지만 나는 공부를 포기한 것도 경쟁에서 밀린 것도 아니었다. 단지 지금 내가 있어야 할 곳은 수행을 위한 공간이었다. 자신의 물음에 답이라도 하듯 출가하고 1년 뒤에 다시 학교로 돌아왔고 수행과 공부를 병행하며 살아가게 되었다.

절에서는 입학했을 당시 학교에서 만난 사람들에게서 느끼지 못했던 것을 느낄 수 있었다. 볼 수 없었던 것을 볼 수 있었다. 함께 수행했던 스님들은 나에게 거울이 되어 주었다. 나 스스로를 볼 수 있도록 해 주었다. 그들의 삶을 통해 내가 어떻게 살고 있는지 점검하고 어떻게 살아가야 할지 참고할 수 있었다.

1년간 휴학을 하고 수행 정진을 하고 난 뒤 학교에 다시 돌아왔을 때 나는 다른 사람이 되어 있었다. 학교에서 만나는 사람들에게서도 배울 점이 있었고 나를 성장시킬 수 있었다. 과거에는 비교의 대상이었지만, 그 후엔 비추어 주는 거울이 되어 주었다. 만나는 대부분의 사람은 학업과 인격과 삶의 전반에 걸쳐서 나에게 거울 역할을 해 주었다.

그것은 어딘가에 나와 상대를 비추는 빛이 있기 때문이다. 그래서 상대도 나도 서로를 비추어 줄 수 있는 거울이 될 수 있는 것이다. 출가와 휴학을 한 후 보낸 1년간의 수행에서 그 빛을 찾을 수 있었다. 새벽에 명상을 하고 낮에는 탁발을 하고 밤에는 경전을 읽고 기도를 했다. 그때 발견한 빛은 내 안의 불성으로 인함이었다. 그때 비로소 알게 되었다. 내가 부처라면 저 사람도 부처다. 내가 소중한 존재라면 저 사람도 소중한 존재다. 이렇게 생각하다 보니 자연스럽게 타인을 존중하는 마음이 일어났다.

그 이후로 나는 더 이상 타인과 비교하며 자신을 업신여기지 않기로 했다. 내 삶의 멋진 주인공이자 타인의 삶의 훌륭한 조연이 되어 줄 수 있기 때문이다. 모든 존재가 존재 자체가 고귀하고 소중하다는 인식은 내 안의 불성을 발견함으로 시작되었다.

내 안에 있는 걸 다른 사람에게서 볼 수 있을 때, 자존감을 온전히 키워 줄 뿐만 아니라 나와 남 사이의 거리감을 좁혀 준다. 그런 사람들이 살아가는 세상은 보다 더 밝고 아름답지 않을까?

• •

누군가로 인해 맘 아픈 적 있나요.
갑자기 돌변한 상대의 태도에 난감할 때도 생기죠.

우리는 서로 믿고 의지하는 존재지만
결국 혼자라는 사실을 받아들여야 할 때가 옵니다.

상황이 좋건 나쁘건 마음이 힘들 건 그렇지 않건

굳건하게 자신의 마음을 챙기고 몸을 살피면 좋겠어요.

세상에서 가장 소중한 나를 챙겨 주세요.

〈호흡명상〉

자존감을 회복하는 시간

자기 자신을 있는 그대로 느끼고 받아들일수록 자존감은 높아집니다.

자기 자신을 느끼려면 먼저 감각을 깨워야 합니다.

편안한 마음과 깨어 있는 정신 상태가 되어야 자기 자신을 온전히 받아들일 수 있습니다.

먼저, '준비운동'을 하겠습니다. 편하게 할 수 있는 스트레칭으로 간단하게 몸을 풀어 줍니다.

 바닥이나 의자에 편안한 자세로 앉습니다.

 아침에 일어났을 때 결리고 찌뿌둥한 몸을 부드럽게 풀어 주듯이 기지개를 활짝 켭니다.

③ 얼굴을 좌우로 기울인 후 목을 좌우로 돌립니다.

④ 어깨를 으쓱하고 올리면서 코로 숨을 들이마시고 털썩하고 내리면서 입으로 숨을 내쉽니다.

⑤ 손목을 안쪽으로 돌리고 바깥쪽으로 돌립니다. 손가락을 쥐었다 폈다 한 후에 공중에 먼지 털듯이 털어 주면서 풉니다.

이제 '호흡 명상 1단계'를 시작하겠습니다.

① 콧구멍을 크게 열고 많은 양의 숨을 들이마신 후 입으로 후~ 하고 숨을 내뱉습니다.

② 코로 숨을 들이마실 때는 몸에 힘을 빼고 가슴을 열어 가급적 많은 숨이 들어올 수 있도록 합니다.

③ 입으로 숨을 내보낼 때는 몸에서 탁한 기운(부정적인 에너지)과 피로감이 나간다고 생각하며 길게 내쉽니다.

4 숨을 들이마시고 내쉴 때 고정되고 경직된 상태에서 뻣뻣하게 유지하지 말고, 자연스럽게 손동작을 하며 몸을 풀어 주면 더욱 효과적입니다.

5 1~4번 과정을 반복합니다(처음에는 1분 정도 해 보세요. 익숙해지면, 5 분, 10분, 30분으로 늘려갑니다).

다음으로 '호흡 명상 2단계'를 시작하겠습니다.

1 두 손을 무릎 위 또는 배꼽 아래 복부 근처에 편안하게 내려놓습니다 (몸이 편안하게 이완되었는지 다시 한 번 살핍니다. 아직 경직되고 불 편한 부분이 있다면 스트레칭과 작은 움직임으로 더 풀어 줍니다).

2 척추를 곧게 세우고 턱을 목 방향으로 당기며 머리가 하늘을 향하도록 자세를 취합니다.

3 복부를 앞으로 살짝 밀어 척추를 편안하게 합니다.

4 코로 숨을 들이마실 때 아래 복부가 팽창하도록 의식하고 실제로 근육 이 바깥으로 움직이게 합니다.

⑤ 코로 숨을 내쉴 때 복부가 안쪽으로 수축하도록 의식하고 실제로 근육이 안쪽으로 움직이게 합니다.

⑥ 코로 숨을 들이마실 때 숫자를 세어 줍니다(1. 3. 5. 7. 9).
코로 숨을 내쉴 때 숫자를 세어 줍니다(2. 4. 6. 8. 10).
자신이 들이마시고 내쉴 수 있는 최대 숨 길이의 70~80퍼센트 정도로 호흡해야 자연스럽고 지속적인 '호흡 명상'이 가능합니다(5초가 최대라면 3~4초로 맞춰줍니다).

마지막으로 '자존감 회복 명상'을 하겠습니다.

① '호흡 명상 2단계'를 진행하되 숫자를 세지 않습니다.

② '호흡 명상'을 하면서 배꼽에서 5~10cm 아래 단전丹田이라는 에너지 센터에 의식을 집중합니다(처음에는 느껴지지 않지만, 있다고 의식하고 알아차리다 보면 어느 순간 느껴집니다).

③ 단전을 살아 있는 생명체라고 생각하며 '호흡 명상'을 꾸준하게 지속합니다.

4 단전을 살아 있는 존재로 느끼면 느낄수록 '알아차림'을 할 수 있는 '생명력'이 깨어납니다.

5 단전은 내 존재를 느끼고 볼 수 있는 에너지를 공급해 줍니다. 의식이 명료하게 깨어 있을 수 있게 도와줍니다.

내 존재를 있는 그대로 알아차리고 받아들일 수 있을 때 자존감은 점차 회복됩니다. 내가 부족과 결핍이 없는 온전하고 완전한 존재임을 알아차리고 받아들일 수 있게 됩니다.

단전이 활성화되고 알아차리는 힘이 강해질수록 나를 있는 그대로 보고 인정할 수 있습니다.

2장

새로운 삶이
낯선 사람들에게

"결점을 친절하게 말해 주는 이를 가까이하세요."

나를 힘들게 하는 사람이 있나요?
행복과 불행은 관계에서 비롯됩니다.
감당하기 어려운 관계가 있다면 정리하거나 개선해야 합니다.

피할 수 있다면 지혜롭게 피하고 피할 수 없다면 개선하는 방법을 찾아
마음을 내는 쪽으로 애써 보세요.
힘들고 괴로웠던 관계가 풀리는 것만큼 좋은 일도 없을 것입니다.

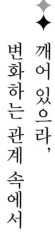

깨어 있으라,
변화하는 관계 속에서

본디 우리는 각자 적당한 거리를 두고

떨어져 있는 섬과 같은 존재들입니다.

그러나 배처럼 둥둥 떠다니지는 않습니다.

겉으로는 따로따로 떨어져 있는 듯 보여도

깊은 해저 밑바닥에서 서로 연결되어 있지요.

바다 깊은 곳에 뿌리를 박고 존재하고 있습니다.

홀로 존재하는 동시에 서로 이어져 있는 것.

우리의 존재성은 늘 관계를 바탕에 두고 생각해야 합니다.

'왜 태어났을까? 어떻게 살아야 할까? 나는 누구인가?'

지금 이 순간 깨어 있다는 것은 존재에 관해 물음이 지속되는 상태를 의미한다. 아무 생각 없이 멍하니 흘려보내면 그동안은 스트레스도 없고 괴로움에서도 해방된 것처럼 보인다. 하지만 시간이 지나면 같은 문제로 또 고민하는 자신을 발견하게 된다. 이제 그런 시간 낭비 그만하고 깨어서 생각해 보자. 늘 깨어 있으려면 존재에 대한 자각이 있어야 한다.

깨어 있는 상태에서는 부처님의 가르침인 사법인四法印이라는 깨달음의 세계를 맛볼 수 있다. 제행諸行이 무상無常하여 변하지 않는 것이 없고, 제법諸法이 무아無我여서 모이고 흩어지는 허상에 집착할 필요가 없으며, 일체一切가 개고皆苦이므로 고통 아닌 것이 없음을 알아서, 열반涅槃의 적정寂靜한 상태로 나아갈 수 있게 된다는 것이 사법인의 내용이다.

'지금 바로 여기에 깨어 있음'으로 알게 되는 네 가지의 깨달음을 소개하고자 한다. 깨달음의 성취는 어느 때에 얻겠다고 해서 얻어지는 것이 아니라, 열심히 수행 정진하고 이타적 삶을 실천하다 보면 얻어지는 부처님의 가피加被와도 같다.

첫 번째는 '제행이 무상', 즉 '우주의 모든 사물은 늘 돌고 변하여 한 모양으로 머물러 있지 아니한다'이다.

이것을 인간사의 사랑을 통해 조금 알게 되었다. 이성에 대한 호기심과 관심이 많았던 시절, 나는 예쁘고 착한, 그야말로 매력적인 여성을 만나게 되었다. 첫눈에 반하여 고백할까 몇 번을 망설이며 애만 태웠다. 그런데 며칠이 지나고 보니 좋아했던 감정이 언제 그랬냐는 듯 휙 사라지고 말았다. 심지어 시간이 더 지나자 다른 이성이 눈에 들어오기도 하였다.

그때 비로소 알게 되었다. 감정은 영원할 수 없고 그저 지나가는 바람과 같이 늘 변화한다는 것을. 어떤 원인에 의해 생긴 결과일 뿐이다. 연료가 떨어지면 불이 꺼지는 이치와 같다. 조건이 사라지면 결과인 감정도 사라지거나 변하고 만다.

두 번째는 '제법이 무아', 즉 '이 세상에 존재하는 모든 사물은 인연으로 생겼으므로 자아의 실체가 존재하지 않는다'이다.

'나'라는 존재에 집착하지 않고 그러한 사고에 함몰되지 않는 상태는 무아無我를 표현하기에 적합하다. 심리학에서는 자기중심적인 상태와 현상을 '에고Ego'라고 한다. '이기적인 나', '미성숙한 나'인 것이다. '생존하기 위해 자신을 지키고 유지하는 의식'도 해당한다. 어린아이는 자기가 세상의 중심이다. 그러면서 자신을 지켜줄 부모나 부모

같은 존재에 의지한다. 생존하기 위한 본능이다. 우리가 어른으로 성장하더라도 이러한 의식이 자연히 크는 건 아니다. 미성숙한 자아를 유지한 채 성장한 어른을 '어른 아이'라고 부른다. 자신이 원하는 대로 되지 않으면 상대방을 비난하거나 막무가내로 떼를 쓰는 것도 같은 맥락으로 이해할 수 있다. 그렇다고 이러한 사람에 대한 비난은 가려서 해야 한다. 자신이 생존하기 위한 최선일 수 있기 때문이다. 마치 아이가 살기 위해 자신을 챙기고 의지하는 것처럼 말이다.

이 세상에 혼자 뚝 떨어져서 만들어지고 존재하는 것은 없다. 부모가 있으므로 자녀가 있고, 씨앗이 있으므로 줄기와 가지가 있으며 열매가 열리는 것이다. 나의 몸을 비롯해서 소유하고 있는 모든 물품도 나 혼자의 힘으로 만든 건 아무것도 없다. 내가 이 세상에 나오기 전부터 이미 존재했던 것들이다. 그 이후에도 많은 사람의 시간과 노력이 담겨져 왔다. 밥 한 톨, 물 한 컵이 나에게 오기까지 얼마나 많은 자연과 인간의 노력을 거쳤을까? 헤아릴 수 없이 많은 것들이 녹아있을 것이다. 이런 흐름과 방식으로 생각하는 것이 '무아적 사유'다. 모든 존재와 현상이 홀로 있을 수 없으며 모든 것들은 연결되어 있다는 것이다. 이런 사유와 경험의 과정에서 에고라는 좁은 틀을 넘어설 수 있다.

가가호호 방문하며 탁발을 하던 시절, 일면식도 없는 사람들이 나에게 시주할 때가 떠오른다. 사람들이 모여 있는 식당이나 매장에 가서 목탁을 두드린다. 반야심경이나 천수경을 소리 내어 외우면 각양각색의 반응이 있다. 시끄럽다며 나가라는 주인, 복을 빌어 주어서 고맙다는 사람들, 아직 개시를 못 했으니 나중에 오라는 분……. 처음에는 어색하고 힘들었다. 시간이 지나면서 익숙해지고 편안해졌다. 낯선 사람들을 만나면서 낯설지 않음을 느꼈다. 우리는 말하지 않아도 서로 아는 약속 같은 게 있었다.

어떤 날은 힘들고 어떤 날은 즐거웠다. 그날의 컨디션과 몸 상태가 영향을 주기도 했지만, 그보다 마음가짐에 따라 좌우되는 경우가 많았다. 하심(下心, 자존심을 내려놓음)하면서 한 사람 한 사람에게 진심으로 대할 때와 그렇지 않을 때가 달랐다. 저 사람도 나와 같은 사람이라고 느낄 수 있었다. 내가 편안하고 행복하기를 바라는 것처럼 저 사람도 그렇게 되기를 바라는 마음, 누가 더 잘나고 못났나를 따지지 않는 마음이 있다. 나처럼 저 사람도 소중하고 우리는 서로 연결되어 있다는 의식에서는 나(에고)를 뛰어넘을 수 있었다. 그때에는 내 작은 에고는 소멸되고 더 큰마음과 의식이 나를 넘어 상대방을 품을 수 있게 된다. 이러한 경험이 반복될수록 나의 옹졸한 에고는 점차 작아지고 없어지는 걸 느낄 수 있었다.

무아는 문자 그대로 보면 '내가 없다(없을 無, 나 我)'지만, '나를 있게 한 뭔가가 있다'를 아는 것이다. 나 혼자 세상에 태어나 나 잘난 맛에 살아가는 게 아니라는 것이다. 누군가, 무언가가 나의 원인이 되기도 하고 내가 누군가, 무언가의 원인이 되기도 한다는 의식이다. 그걸 인식하고 인정하게 될 때 에고에서 자유로울 수 있다. 나밖에 모르는 에고라는 감옥에서 나올 수 있게 된다. 우리가 모두 그러한 속박에서 벗어나 자유와 해탈을 맛볼 수 있기를 바란다.

세 번째로, '일체 모든 것이 괴로움'이라는 '일체개고'의 가르침과 '번뇌와 괴로움의 소멸'이라는 '열반적정'의 진리에 관한 이야기다.

사실 고통과 열반을 경험하는 일은 어렵지 않다. 다만, 우리가 열반을 경험하고도 '이게 무슨 열반이야?' 하면서 무시하기 때문에 고통의 세계에 계속 머물게 된다. 느낀 것이 작더라도 그것을 크게 대할 필요가 있다. 작은 것은 더 이상 작은 것이 아니다. 큰 의미와 체험으로 다가오게 된다.

무언가 집중을 할 때 생기는 삼매경에서 그 느낌을 체감할 수 있다. 재미와 행복감은 집중될 때 생긴다. 집중을 하는 노력과 집중이 되는 상태는 조금 다르다. 일이든 공부든 어떤 활동이든 집중하려고 애를 쓰고 있을 때는 많은 에너지가 소모된다. 스트레스와 짜증, 고통이 동반된다. 무언가에 집중하면서 생기는 근성과 집중력은 살아가는 데 필요한 힘이 되어 줄 것이다. 하지만 그것만으로는 삶은 충분히 행복하지 않다. 별다른 노력을 하지 않아도 집중이 되고 재미를 느끼는 것을 통해 더 많은 즐거움과 행복을 느낀다. 도를 닦고 수행을 하는 이유도 거기에 있다. 고통스러운 사바세계에서 견뎌야 할 것들은 견뎌야 하겠지만 그 과정을 거친 후에는 아늑하고 편안해야 한다. 비록 내 주변 상황과 세상은 당장 바뀌지 않았다 하더라도 내 마음이 평온하다면 그것으로 충분하다.

내가 좋아하는 것을 하고 좋아하는 사람을 만날 때에는 별다른 노력 없이 집중이 된다. 수행을 통해 무상과 무아를 깨달으면 이 과정이 쉽게 일어난다. 그로 인해 집중이 유지되면 삶은 활력으로 넘쳐나고 기쁨과 행복이 충만하게 된다. 궁극적으로는 그런 다채로운 진동과 파도가 사라진다. 그 후에 느껴지는 고요함이 있다. 그것은 열반적정의 상태에 가깝다.

궁극의 깨달음이 아닐지 모른다. 그래도 갈급한 목마름을 해소할 수는 있을 것이다. 그 작은 한 모금의 물이 모여서 언젠가는 샘이 되고 호수가 되고 강물이 되어 넓은 바다와 같은 대각을 성취할 수 있다. 다만 이 순간 느낀 잠깐의 체험을 별것이 아닌 것으로 치부하기 때문에 그것이 확장되지 않는다.

무상과 무아를 깨닫고 고통에서 열반으로 나아가는 좋은 방법이 있다. 바로 무조건 감사하는 마음을 갖는 것이다. 심지어 나에게 고통을 준 사람과 상황에도 감사하는 마음을 갖는 게 좋다. 그게 어렵다면 쉬운 것부터 시작하면 된다. 상대방이 나에게 건넨 말 한마디에 감동할 수 있고, 대접해 준 한 끼의 식사와 차에 감사할 수 있다. 나에게 우호적인 사람이 호의를 베풀 때 감사한 마음으로 받아들이고 점차 어려운 상대와 힘든 상황을 마주할 때도 마음을 내서 감사하는 마음을 가져본다. 결국 나는 무엇이든 온전히 받아들일 수 있게 된다.

세상은 늘 변화하고 서로 연결되어 있어서 고통스러울 수밖에 없다. 문제의 원인이 내가 될 수도, 상대방일 수도 있다. 고통의 원인을 따지고 분별하기보다 조건 없이 감사하고 사랑하는 자비심을 낼 때 가장 좋은 마음이 된다.

번뇌가 사라진 '열반'과 깊이 고요한 '적정'을 느껴 보자. 감사함으로 받아들여 보는 것이다. 나에게 주어진 것들을 소중히 하는 따뜻한 가슴만으로 충분하다. 감로수와 같은 그것은 사라지지 않는 영원한 샘물이 되어 나를 더 큰 깨달음의 세계로 인도해 줄 것이다.

●●

바뀌니까 사람이죠

왜 마음이 이랬다저랬다 변덕스럽게 바뀌고 마음을 못 잡는 걸까요?
도대체 뭐가 이렇게 힘든 건가요?
살아 있는 사람이니까요.
마음은 변하는 게 정상이고 안 바뀌는 게 이상한 거니까요.

나는 지금 힘든데 혼자라고 느껴지나요?

그 누군가 때문에 힘들어하고 있나요?

당신이 미워서 미워하는 게 아니에요.

당신을 힘들게 하고자 그러는 것도 아녜요.

그저 그 사람은 그 사람의 인생을 살고 있을 뿐이에요.

나도 내 인생을 살면 돼요.

내가 외롭고 힘들 듯 그 사람도 마찬가지일 거예요.

혹시 속마음으로는 나를 걱정하고 사랑하고 있을지도 몰라요.

내가 먼저 좋은 마음을 내봐요.

그 사람은 마음은 굴뚝같지만 쑥스러워서

나에게 다가오지 못할 수도 있어요.

그에게 신경을 꺼도 되고요

그 마음을 헤아려 줘도 돼요.

마음 가는 대로 편안한 대로 해 보세요.

진짜 잘 모르겠으면

에라, 모르겠다 하고 그냥 자기 일하세요.

그냥 내 길을 가요.

내 안에 사랑이 넘치면 저절로 남을 사랑할 수 있습니다.

억지로가 아니에요.

자연스럽게 스스로 알아서 되도록 하는 겁니다.

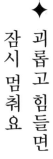

괴롭고 힘들면
잠시 멈춰요

'저 사람을 위해 무엇을 해 줄 수 있을까?'
이런 이타적인 마음으로 상대를 대하면
일단 먼저 나에게 좋습니다.

자신에게만 맴도는 의식의 축이
상대방 쪽으로 이동하기 시작합니다.
그때 발생하는 회전력이 있습니다.

그 힘으로 사랑과 에너지의 순환이 생깁니다.

그 과정에서 내면의 탁한 것들이 정화됩니다.

무거운 짐과 업장도 우수수 떨어져 나갑니다.

상대방은 머지않아 맑고 밝게 변화된

내 의식의 파장을 느낄 수 있습니다.

물질 이전에 마음이 먼저 전달됩니다.

그리고 긍정적인 감정이 따라옵니다.

이타심에서 비롯된 자비가 흘러넘칩니다.

이 마음에서는 지혜가 충만해집니다.

우리의 좋은 관계는 작은 인류의 평화입니다.

원만한 관계는 사회와 인류 전체를 밝게 해 줍니다.

모두를 위한 향기롭고 아름다운 행복의 길입니다.

• •

　'스승의 날'과 '부처님 오신 날'이 있는 5월 즈음이면 스승님과 부
처님에 대해 더 각별해진다. 출가자가 되면서부터 부처님과 인연을

맺었다. 그로부터 시작된 부처님이라는 든든한 '빽background'은 인생의 큰 버팀목이 되어 준다. 깨달음의 세계에서 큰 어른이신 부처님의 제자라는 사실에 자부심을 느낀다. 누구를 만나고 어디를 가든 당당하게 불법佛法을 전할 수 있었다.

하지만 대학교에서 캠퍼스 생활을 시작하면서부터 은근히 법복이 신경 쓰이기 시작했다. 많은 학생 가운데 유독 나의 '스킨헤드 헤어스타일'과 '잿물 들인 법복'이 튀었다. 단지 외양만의 문제는 아니었다. 라이프스타일과 사고방식도 다를 수밖에 없었다. 출가 후 1년 뒤에 복학했다. 그 당시에는 대전 외곽에 있는 산사(장태산 정심사)에서 통학해야 했기 때문에 기숙사 생활을 하는 학생들과의 물리적 심리적 거리감이 생길 수밖에 없었다. 외국인 유학생만큼이나 대학 생활에 적응하기가 어려웠다. 요즘에는 외국인 비율도 높아지고 그들만의 커뮤니티도 생겼지만, 나는 그게 어려웠다. 학생들과 어울릴 수 없는 다른 사고방식과 생활 규범들의 차이가 있었기 때문이다.

일주일 중 절반은 학교에서 머무르고 나머지는 서울 홍대 인근의 절(신농 선원)에서 생활하거나 탁발수행을 했다. 그 때문에 같은 수업을 듣는 학생들과 스터디나 프로젝트 모임을 하기 어려웠다. 주말에는 산책하거나 대학 친구들과 차담을 나누면서 한 주를 마무리하고 싶었으나 현실은 녹록지 않았다. 수행자와 대학생이라는 이중생활을 하려다 보니 배로 힘이 들었다. 출가한 지 3년째 되던 해, 스님 생활에서 일생일대의 위기를 맞았다.

살다 보면 내 뜻대로 되지 않을 때도 있고 잘 풀리지 않기도 한다. 그 순간을 어떻게 바라보고 대처하느냐에 따라 이후의 상황은 달라진다. 몸이 아플 때도 마찬가지다. 고통이나 이상한 징후가 느껴지기 때문에 문제가 있음을 안다. 질병을 영어로 disease라고 한다. dis(~가 아닌, 반대와 부정의 의미)+ease(편안함)의 합성어다. 편안하지 않은 상태와 느낌이 질병이다. 불편함을 알아차림으로써 문제가 있다는 것을 알 수 있다. 장애를 영어로 disorder라고 한다. 부정의 의미인 dis에 질서를 뜻하는 order가 합쳐진 말이다. 질서가 흐트러졌기 때문에 장애와 이상이 생긴 것이다. 이때에도 원래 질서 정연했을 때의 상태를 앎으로써 무질서를 정돈할 수 있다.

내가 승려 생활을 하면서 방황을 하게 된 상황도 이와 비슷한 맥락으로 이해할 수 있다. 이유 모를 답답함과 불편함이 계속 느껴진다면 뭔가 잘못된 것이 있다고 짐작할 수 있다. 그 당시 수행과 학업을 병행하는 게 힘들었지만 누구나 다 힘들어하진 않는다. 누군가는 거뜬하게 해낼 수도 있고 충분히 만족하고 즐겁게 할 수 있을지도 모른다. 하지만, 나는 두 가지를 모두 해낼 역량이 부족했다. 학업도 수행도 나에겐 모두 중요한 것이었고 포기할 수 없었다. 포기할 수 없는 그 마음이 문제였다. 둘 다 병행하기 힘들고 이것도 저것도 제대로 할 수 없다면, 하나를 포기하거나 성취의 기준을 낮추면 된다. 수행을 다소 느슨히 하면서 학업에 열중하거나 그 반대로 하면 된다.

어렵고 힘들 땐 잠시 멈추어 보는 것도 좋다. 지금 당장 답을 찾지 못해도 괜찮다. 발걸음을 멈추고 숨을 고르며 주변을 둘러보는 것도 좋다. 그 당시 나를 돌아보는 시간을 가지니 한결 괜찮아졌다. 그렇게 산책을 하고 음악을 듣고 숨 고르기를 하면서 여유를 가졌다. 그래도 그 문제는 금방 해결되지 않았다. 긴 호흡이 필요함을 알았고 차분히 생각하는 시간을 가졌다. 학업과 수행을 아우를 수 있는 새로운 질서order가 필요했다. 결국, 전과와 입대를 선택했다.

전자공학을 전공했던 나로서는 그 공부가 수행에 별 도움이 되지 않는다는 걸 알았다. 그래서 경영학으로 전공을 바꾸었고 경영학적 관점에서 명상을 연구하는 기본 소양을 쌓을 수 있었다. 군대는 대한민국의 남성이라면 누구나 해결해야 하는 과업이다. 생각도 정리하고 국가의 의무도 다할 수 있는 시간이 되어 주었다.

일이 잘 안 풀리고 이상한 징후가 느껴질 때, 그것을 단순히 외면해버리고 별일 아니라고 여긴다면 문제 해결의 실마리는 사라진다. 작더라도 그것이 마음의 불편으로 다가온다면 그것은 나에게 주는 하나의 신호다. 내가 만일 그때 공부와 수행 중에 하나라도 포기했다면 지금과는 많이 달라졌을 것이다. 불편함disease과 무질서disorder의 시그널은 단지 나를 힘들게 하는 것이 아니었다. 새로운 질서order를 세움으로써 편안함ease을 느끼기 위한 단서였다.

군대에 있으면서 지난 3년 동안의 시간을 돌아볼 수 있었다. '어떤 마음으로 출가를 했는지', '앞으로 어떤 마음으로 살아갈 것인지' 생각할 수 있는 시간이 많았다. 그렇게 2년 동안 충분히 숙고해보니 알 수 있었다. 나의 길은 바로 이것이라는 것을! 똑같이 머리를 자르고 승복을 입고 있었지만, 같은 사람이 아니었고 예전의 그 길이 아니었다. 군대를 전역하고 10여 년이 흐른 지금은 또 다르다. 그건 계속 한 길을 걸어왔기 때문에 알 수 있는 것 같다. 한 가지를 오래 하다 보면 하는 건 비슷한 것 같지만 그 내용은 계속 발전에 발전을 거듭하게 된다.

그 당시 군대에서 나의 마음을 공고히 하게 된 것은 다름 아닌 부처님의 삶 그리고 그분과의 관계였다.

부처님께서 왜 출가를 하셨는지 생각해 보았다. 한 나라의 왕자로 온갖 풍요로움을 누리며 즐거운 생활을 할 수도 있었는데, 다 내려놓고 수행을 통한 깨달음과 행복을 선택한 이유는 무엇이었을까? 그분의 결정을 후대에 '위대한 포기'라고 하는데 나는 무엇을 선택함으로써 무얼 포기한 걸까?

나는 경영학과로 전공을 바꾸면서 세계적인 물리학자가 되겠다는 꿈을 포기했다. 대신에 마음의 구조와 메커니즘을 깨닫고 명상을 과학적으로 증명하고 싶다는 새로운 꿈이 생겼다. 이를 위해 학부를 졸업하고 대학원에 가서는 인도철학을 전공하게 된 것이다. 그때 그런 고민과 방향을 했기 때문에 내가 가야 할 올바른 방향을 찾을 수 있었다. 그래서 포기는 엄밀한 의미에서는 포기가 아니라 그보다 더 원하는 것을 선택하고 단지 그 길로 갈 뿐이다.

군 생활을 하면서 알게 된 또 하나의 사실이 있다. 스님은 불법승 佛法僧이라는 세 가지 보물(삼보, 三寶)를 소중히 해야 한다는 것이다. 너무 당연하고 기본적인 것을 가벼이 여기며 잊고 있었다. 불佛은 부처님, 법法은 부처님의 가르침, 승僧은 불과 법을 지키고 따르는 스님들이다. 따라서 수행에 있어서 부처님과의 관계가 매우 중요하다. 역시, 깨달음에 있어 '관계'가 중요하다. 혼자 잘났다고 깨달아지는 게 아니기 때문이다.

부처님 역시 6년 반의 수행은 깨달음을 얻기 전까지 여러 스승에게 가르침을 받고 도반과 함께하는 기간이었다. 깨달음은 내가 훌륭해서 오는 게 아니라 열심히 수행 정진을 하는 가운데 어느 날 문득 가피와 자비, 축복과 은혜로 오는 것이다. 잘못된 것은 남 탓, 잘된 것은 자기 덕으로 여기는 사람은 수행자라 볼 수 없을뿐더러 교만의 독이 쌓여 깨달음과 진리에서 멀어지게 된다.

가정과 사회, 조직에서 서로 관계가 나빠지면 다양한 문제가 나타나듯이, 수행과 깨달음의 세계에서도 '관계'가 핵심이다. 지금의 내가 있기까지 얼마나 많은 분이 직간접적으로 가르침을 주셨을까?

『화엄경』의 선재 동자는 53명의 선지식(善智識, 진리를 깨닫고 덕이 높으며 사람들을 깨침에 이르도록 교화와 선도하는 스승)을 만나서 깨달았다. 그처럼 거저 얻어지지 않는다. 대우주의 자연도 스승이고 스쳐 지나가는 인연도 내 마음가짐에 따라 모두 선지식이 된다.

법法은 사람에서 사람으로, 마음에서 마음으로 전해진다. 이것(이심전심以心傳心, 직지인심直指人心)은 선가禪家의 가르침이다. 부처님을 소홀히 여기고 불평불만에 가득 찬 사람이 어찌 깨달을 수 있겠는가? 오히려 사견邪見에 물들어 무명의 늪에 빠지게 될 것이다.

시인이자 독립운동가였던 만해 한용운 스님께서 지으신 「선사의 설법」을 보자. 이 시를 보면, '부처님과 나와의 관계' 또는 '스승과 나와의 관계'가 어떠해야 하는지 감을 잡을 수 있을 것이다. 아울러 모든 이가 '속박으로부터 자유롭고 깨달아지는 사랑의 이치'를 터득할 수 있기를 진심으로 발원한다.

••

나는 선사의 설법을 들었습니다.

"너는 사랑의 쇠사슬에 묶여서 고통을 받지 말고

사랑의 줄을 끊어라. 그러면 너의 마음이 즐거우리라."고

선사는 큰 소리로 말하였습니다.

그 선사는 어지간히 어리석습니다.

사랑의 줄에 묶인 것이 아프기는 아프지만,

사랑의 줄을 끊으면 죽는 것보다도 더 아픈 줄을 모르는 말입니다.

사랑의 속박은 단단히 얽어매는 것이 풀어 주는 것입니다.

그러므로 대해탈大解脫은 속박에서 얻는 것입니다.

님이여,

나를 얽은 님의 사랑의 줄이 약할까 봐서,

나의 님을 사랑하는 줄을 곱들였습니다.

스물에 미련해지고
마흔에 어리석지 않으려면

연인 사이에 애정이 없다면

관계를 지속하기 어려울 거예요.

고통과 상처가 남을 수도 있습니다.

인간관계가 이와 같습니다.

연인 사이만 애정이 중요한 게 아니라

만나는 모든 사람 관계된 모든 인연에서 필요합니다.

애정과 사랑에 집중해 보세요.

결핍되면 소외될 수밖에 없고
관계는 점차 나빠지게 됩니다.

상대방에 대한 애정이
진실하고 이타적일수록
관계는 성숙되어 갑니다.

인간관계의 마스터키는
바로 사랑의 감정,
애정愛情입니다.

●●

카이스트에서 학업과 수행을 병행하기는 쉽지 않았다. 낮에는
학교에서 수업을 들으며 학과 공부를 했고, 저녁에는 길거리로 나가
탁발수행을 하면서 만나는 사람들에게 경전을 독송해 주며 기도를 하
고 복을 빌어 주었다. 그 가운데 틈틈이 시간을 내어 참선과 호흡법을
사람들에게 가르쳤다. 카이스트 포털 게시판에 글을 올려서 명상 모
임을 만들었고, 대덕연구단지 내에 있는 연구원을 방문하여 그룹별로
명상을 지도했다. 특히 한국에너지기술연구원 박사님들의 수행 열기

가 아주 뜨거워 새벽마다 찾아가 지도해 주었고, 몇 차례 은사 스님을 초청하여 법문과 워크숍을 진행하기도 하였다.

내 공부를 하기도 바쁜데 다른 사람들에게 명상을 가르쳐 준 것은 신념 때문이었다. 값없이 받은 배움은 또 다른 누군가에게 값없이 주어야 하고, 나아가 받은 것 이상으로 타인을 위해 베풀어야 한다고 생각해 왔다. 그래서 내 삶을 절망과 고통에서 희망과 설렘으로 뒤바꾼 이 명상법을 꼭 사람들과 나누고 싶었다.

그런데 한 가지 마음에 걸리는 문제가 있었다. 나도 한참 부족하다는 것. 수행력도 약하고 알고 있는 진리의 세계도 얕은 내가 누군가에게 가르침을 줄 수 있을까 하는 의구심이 들었다. 처음에는 나 하나도 잘 돌보지 못하면서 다른 사람을 살핀다는 게 어리석게만 느껴졌다. 하지만 시간이 지나면서 그것을 통해 내가 성장했다는 사실을 깨달았다. 내가 부족하더라도 상대방을 위해 뭐라도 주려 하고 기도해 주고 베풀면 의식은 더 깊고 맑아지며 마음은 더 풍요롭고 행복해진다.

이러한 일련의 과정을 '영적 성장'이라고 한다면, 3단계로 구분할 수 있을 것이다. 1단계는 부모님을 통해 이 세상에 태어나서 부모와 형제와 서로 사랑하고 관계성을 배우는 '출가 준비' 단계다. 2단계는 자신의 가치관에 따라 배움과 깨달음 그리고 꿈의 실현을 위해 스승이나 멘토를 만나 가르침을 받는 '출가' 또는 '멘토링' 단계다. 마지막 3단계는 스승이나 멘토로부터 충분히 가르침을 받은 뒤 스스로 결정하고 자신을 책임지며 제자들이나 멘티를 양성하는 '마스터' 단계다. 그때 나는 '멘토링' 단계에서 '마스터' 단계로 나아가기 위해 무던히 애를 쓰고 있던 것이다.

참고로, 인도에서는 인생을 4단계로 구분하는 문화가 있다. 학습기學習期에는 신체적으로 성장하면서 학교에 다니며 경전을 공부하는 시기이고, 가주기家住期에는 결혼을 하고 가정을 꾸리며 자녀를 양육하는 등 사회적 의무를 다하는 시기다. 3단계인 임서기林棲期는 숲에 있는 아쉬람(수행공동체 또는 사원)이나 적합한 수행처에 머무르며 영적 스승으로부터 가르침을 받고 수행을 한다. 마지막 유행기遊行期에는 세상을 떠돌아다니는 만행을 하며 그동안 수행하면서 얻은 지혜를 사람들에게 나누는 시기다. 걸식하며 가난하게 살아갈 수도 있다. 인도의 인생 4단계로 보면 나는 그 당시 3~4단계에 걸쳐 있었으며, 역시 지금도 그 길 위에 있다.

일제 강점기와 격동의 근현대사가 진행된 20세기 초 중엽, 민족 사상가 다석 류영모 선생은 부모의 품과 스승의 울타리를 넘어 다음 단계로 진입하는 시기에 대해서 이렇게 명쾌하게 설명해 주었다.

"스무 살이 되어서 어버이를 떠날 줄 모르면 미련해지고, 마흔 살이 되어서 스승을 떠날 줄 모르면 어리석어진다. 정신적으로 스스로 설 줄 알아야 한다."

부모 품에 있었던 20년 동안의 따뜻한 시절이 있었기 때문에 이후 스승을 만났을 때 사랑과 자비의 세계가 더 꽃피울 수 있었다. 스승님의 가르침을 좇아 열심히 수도 생활을 하면서 잠시 부모님을 떠나게 되었지만, 그러면서 부모님이 나를 얼마나 사랑하시는지 알게 되었다. 수도 생활을 통해 참된 것에 대한 가치를 알게 되었기 때문이리라.

고사성어 가운데 '청출어람靑出於藍'이라는 말이 있다. '푸른색이 쪽에서 나왔으나 쪽보다 더 푸르다'라는 뜻으로, 제자가 스승보다 나은 것을 비유하는 말이다. 진정 스승을 위하고 스승에게 보답하는 일은 스승을 뛰어넘는 것이라고 한다. 스승은 제자가 가르침을 깨닫고 자신만의 독보적인 길을 개척해 나가기를 원한다. 제자가 이 세상 빛을 위하여 더 큰 존재로 쓰이기를 바란다. 이제 나는 스승의 울타리를 넘어서 나의 정신적 독립을 위한 새로운 길을 개척하고 있다.

처음에는 출가하면 부모를 잊고 살아야 하는 줄 알았다. 스승이 바뀌거나 나 홀로 수행하게 되면 나만을 의지해야 하는 줄 알았다. 그래야 수행자답다고 생각했다.

시간이 지나고 철이 들면서 조금씩 알게 되었다. 현재의 나는 과거의 내가 있으므로 존재한다. 지금 나와 관계하고 있는 존재들이 모두 귀하고 소중하듯이 과거에 나와 인연이 되었던 존재는 모두 존귀하다. 하물며 부모와 스승은 어떻겠는가? 그분들이 없었다면 지금의 나는 있을 수 없다. 부모와 스승을 저버린 사람이 과연 인간사를 잘 살아갈 수 있으며 도의 세계에서 정진할 수 있을까? 매우 힘들 것이다. 아마 불가능할 것이다. 처음에는 내가 홀로서기 위해서 짐짓 잊고 살아가는 시간도 필요하다. 하지만 굳이 잊으려고 애쓸 필요는 없다. 오히려 감사하는 마음으로 떠올리고 기억하는 것이 삶의 풍요로움과 도업의 성취에 도움이 된다.

부모와 스승을 만나는 때가 온다면 현재 자신의 모습을 있는 그대로 보여줄 수 있어야 한다. 진실하고 솔직하게 다가가는 것이 그분들에 대한 최소한의 도리일 것이다.

오늘따라 봄바람이 내 심장을 따스하게 쓸어 주는 듯하다. 봄은 모든 사람이 소망을 품게 하고 새 희망을 노래하게 한다. 봄이 다 가기 전에 마음껏 꿈꾸고 넉넉한 가슴으로 주변 사람들을 포근하게 살펴야겠다.

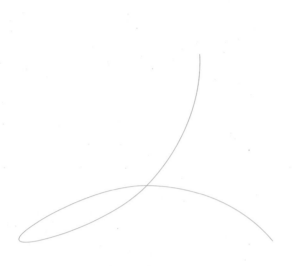

사랑하면
보이는 것들

사랑에는 지속적인 관계를 가능하게 하는

신뢰와 공감이라는 토대가 있어야 합니다.

첫눈에 반하는 청춘 남녀의 불같은 사랑은

성호르몬의 생리 현상이 크게 작용합니다.

그 사랑을 지속시키는 연료가 소진되면

언제 그랬냐는 듯 사라지는 게 특징이죠.

육체적 에너지와 감정에 치중되어

다소 즉흥적이고 충동적인 패턴을 지닙니다.

우리가 꿈꾸는 온전한 사랑이란 어떤 것일까요?

지속 가능하며 상호 발전적인,

그것은 종과 횡이 어우러진

씨줄과 날줄로 짜인 사랑입니다.

지속 가능하기 위해서는 에너지의 원천이 있어야 합니다.

존재의 뿌리와 연결된 우주적 사랑이 그것이지요.

상호 발전적이라는 것은 우주적 사랑을 주고받으며

서로 도움이 되는 관계입니다.

자존의 에너지가 충만한 두 존재가

나누는 사랑이야말로 성숙한 사랑입니다.

• •

사랑은 동서고금 남녀노소 가릴 것 없이 모두가 좋아하고 원한다. '사랑에 빠진 상태'는 많은 사람이 추구하는 삶의 가치인 듯하다. 하지만 나와 같은 수행자는 그러한 사랑의 관계를 부정하는 것에서부터 수도의 길을 출발하게 된다. 수행하면서 갖게 된 큰 의문 중 하나가 바로 이 사랑에 대한 것이었는데, 시간이 지날수록 그 궁금증은 더 커져만 갔다. 사랑이라는 숭고하고 아름다운 가치가 왜 터부시되고 관심을 꺼야만 하는 것이 되었을까?

이런 생각을 하던 중에 '청소년의 연애'에 대한 기사가 눈에 들어왔다. 청소년들에게 연애는 다소 위험한 것일 수 있다고 한다. 미국 덴버 대학교 연구팀은 '청소년기의 이성 교제가 정서에 미치는 영향'에 대해 부정적인 측면을 주장했다. 이성 교제를 늦게 한 학생들에 비해 이성 교제를 비교적 이른 나이에 한 학생들이 더 우울해하고 불안해하며 공격성과 충동성마저 보이고, 심지어 술을 접하거나 비행 행동을 보이는 경향이 크다는 것이다.

어릴 적 순수한 사랑의 순기능도 있다. 사랑의 아름다움을 부정하는 것도 아니다. 다만 준비되지 않은 서툰 사랑은 오히려 독이 될 수도 있다. 사랑에는 열정기, 권태기, 성숙기가 있다고 한다. 처음 사랑이 시작될 때는 강력한 끌림이 있고 그 열기도 뜨겁게 타오른다. 모든 것에는 유효기간이 있듯이 일정 시간이 지나면 익숙해지고 권태를 느끼게 된다. 이 과정을 잘 보낼 수 있다면 다음의 성숙기로 넘어갈 수 있다. 하지만, 새로운 사랑을 찾아 떠난다면 다른 사람과의 새로운 열정기가 시작된다.

사랑은 본능적으로 작동하기 때문에 단순하다. 사랑이 지속되고 깊어질수록 복잡하고 오묘하다는 것을 알게 된다. 사람에 대해서 잘 모르고 세상의 경험이 별로 없는 미성년자에게는 어려울 수밖에 없다. 어리고 순수하여서 흡수도 잘하고 쉽게 상처받기 때문에 더 조심해야 한다. 이런 복잡하고 엄청난 감정의 출렁임에서 사랑에 대한 올바른 가치관을 세우기 위해서는 부모와 선생님의 가르침과 보살핌이 필요하다.

사랑은 그리 단순하지 않다. 신의 사랑으로 우주가 만들어지고 세상의 존재들이 태어났다는 신화도 있으니 말이다. 우리 존재의 바탕에 깊이 뿌리박고 있는 것임이 틀림없다. 일단 부모의 사랑으로 내가 이 세상에 태어났다는 사실만으로도 그 중요성을 설명하지 않아도 될 것이다.

사랑의 범주는 훨씬 넓고 깊다. 유홍준의 『나의 문화유산 답사기』의 1권 서문에 이런 말이 나온다. "사랑하면 알게 되고 알면 보이나니 그때 보이는 것은 전과 같지 않으리라."

이 얼마나 멋진 말인가. 연애를 해 본 사람은 알겠지만, 누군가를 사랑하게 되면 그 사람의 하나에서부터 열까지를 알기 위해 갖은 노력을 다한다. 결국 많은 것을 알게 된다.

사랑하면 알게 된다는 것을 불교의 가르침에 비추어 보면, '부처님을 사랑하면 부처님에 대해서 알게 된다'라는 말이 된다. 부처님에 대해 알게 되면 그분의 삶과 깨달음은 자연히 다가올 것이며, 8만 4천의 경전을 다 읽지 않아도 불교를 다 이해한 것과 같아진다. 이렇듯 사랑은 진리로 가는 가장 쉬운 뗏목이다.

　불교의 대승경전 가운데 공空 사상의 핵심을 담은 『반야심경般若 心經』은 불자들 사이에서 많이 읽히는 260자의 짧은 경전이다. 반야심 경에서 주로 다루고 있는 공을 공허함으로 해석하는 사람들이 있는 것 같다. 인도에서 '부풀어 올라 텅 비어 있음'을 뜻하는 순야Śūnyatā라 는 말이 중국에 건너오면서 빌 공空이라는 글자로 차용되다 보니 비어 있다는 의미만 지나치게 강조가 되었다. '모든 것에는 본질적인 존재 와 자연이 없다'라는 의미가 있지만, 무無에 대한 의미가 지나치게 강 조된 면이 있다.

　『반야심경』에서는 단순히 비어 있는 것이 아니라 묘한 무언가가 있는 묘유妙有로서의 진공묘유眞空妙有를 이야기한다. 텅 비어 있는데 역 설적이게도 무언가로 충만한 상태다. 그것이 바로 『반야심경』에서 강 조하고 있는 반야바라밀다般若波羅密多다. 반야바라밀다는 지혜를 의미 하는 것이기도 하지만 궁극적으로는 자비와 사랑을 뜻한다. 부처님의 사랑은 깨달음에 가기 위한 방편으로 사용되지만, 궁극의 깨달은 상 태도 부처님과의 내밀한 관계를 부정할 수 없을 것이다.

　다음 글은 춘원 이광수 님이 쓰신 「육바라밀-애인」이라는 시인 데, 함께 살펴보자.

● ●

님에게 아까운 것이 없이

무엇이나 바치고 싶은 이 마음

거기서 나는 보시布施를 배웠노라.

님께 보이고자 애써

깨끗이 단장하는 이 마음

거기서 나는 지계持戒를 배웠노라.

님이 주시는 것이라면 때림이나 꾸지람이나

기쁘게 받는 이 마음

거기서 나는 인욕忍辱을 배웠노라.

자나 깨나 쉴 사이 없이 님을 그리워하고

님 곁으로만 도는 이 마음

거기서 나는 정진精進을 배웠노라.

천하에 하고많은 사람 중에

오직 님만을 사모하는 이 마음

거기서 나는 선정禪定을 배웠노라.

내가 님의 품에 안길 때에 기쁨도 슬픔도

님과 나와의 존재도 잊을 때에

거기서 나는 지혜知慧를 배웠노라.

인제 알았노라.

님은 이 몸께 바라밀을 가르치려고

짐짓 애인의 몸을 나투신 부처님이시라고.

＊＊

막 출가하여 불교에 대해서 아무것도 몰랐을 때, 이 시는 나에게 깊은 울림과 진한 향을 남겨 주었다. 불교 수행의 정수와 방편이 무엇인지를 알 것 같았기 때문이다.

불교의 팔만대장경에는 8만 4천의 가르침이 있다. 이 전체를 아우를 수 있는 것 중의 하나가 육바라밀六波羅蜜이다. 물론 「육바라밀」이라는 시에서 구체적인 방법을 일러 주는 것은 아니다. 그렇지만 나에게 하나의 길잡이가 되어 주었다. 이 시의 내용과 의미를 가슴으로 느끼고 소화할 수 있다면, 그 가르침에 닿을 수 있다면, 세상의 많은 사람이 깨달음으로 가는 그 길이 더 쉬워지리라 생각한다.

육바라밀은 열반에 이르기 위하여 보살이 수행해야 할 여섯 가지 덕목을 일컫는다. 보살이란 부처(깨달은 사람 또는 존재)가 되기 위해 수행하는 사람이나 여러 생을 거치며 선업을 닦아 높은 깨달음의 경지에 다다른 위대한 사람을 뜻한다. 아직 깨닫지 못한 중생이지만, 도업道業을 성취하기 위한 길 위에 있다.

이 시에서는 진정한 보살로서 부처님이 되기 위해 지녀야 할 수행의 덕목을 알려 준다. 여섯 가지의 바라밀은 보시, 지계, 인욕, 정진, 선정, 지혜를 일컫는데, 이 하나하나의 내용을 한 줄의 시로 기가 막히게 표현한 것이 놀랍기만 하다. 시에서 님은 부처님을 일컫는다.

'님에게 아까운 것이 없이 무엇이나 바치고 싶은 마음'은 바로 보시바라밀布施婆羅蜜이다. 널리 베푼다는 뜻으로, 자비의 마음으로 다른 이에게 아무런 조건 없이 베풀어 주는 것을 말한다. 보시는 해야 해서 하는 게 아니고, 사랑하는 님에게 그저 주고 싶은 마음에서 비롯된다는 것이다.

'님께 보이고자 애써 깨끗이 단장하는 마음'은 지계바라밀持戒波羅蜜이다. 본래의 청정한 마음을 회복하기 위하여 몸과 마음을 다스리는 것을 계율이라고 한다. 시에서는 자신을 속박하는 쇠고랑이 아니라 사랑하는 님을 만나러 가기 전에 목욕재계하고 낯빛을 밝게 하는 것이라고 말해 준다.

'님이 주시는 것이라면 때림이나 꾸지람이나 기쁘게 받는 마음'은 인욕바라밀忍辱婆羅蜜이다. 세상의 온갖 모욕과 고통 그리고 번뇌를 참고 용서하며 원한을 일으키지 않는 상태가 바로 인욕이다. 가끔 스승에게 호되게 혼날 때가 있다. 바로 인욕의 시간이다. 애정과 내밀한 교류가 없다면 받아들이지 못할 것이다. 이럴 때 보면 수행과 깨달음도 사람과의 관계에서 오는 것이라는 생각이 든다.

'자나 깨나 쉴 사이 없이 님을 그리워하고 님 곁으로만 도는 마음'은 정진바라밀精進婆羅蜜이다. 수행을 꾸준하게 이어 나간다는 의미다. 연애를 해 본 사람이라면 오매불망 잊지 못하고 그 사람만 생각하는 경험이 있을 것이다. 수행도 다르지 않다. 부처님을 연모하는 그 마음이라야 수행을 지속할 수 있는 정진력을 얻는다.

'천하에 하고많은 사람 중에 오직 님만을 사모하는 마음'은 선정바라밀禪定波羅蜜이다. 진리를 올바르게 사유하며 마음과 생각을 한곳에 모아 산란치 않게 하는 것을 말한다. 누군가를 열렬히 사랑할 때, 일편단심 민들레가 되어 한 존재만을 사랑하는 지조가 생긴다. 오직 한 분의 존재를 그리워하고 애틋하게 생각할 때 오롯이 선정에 들 수가 있다.

'내가 님의 품에 안길 때에 기쁨도 슬픔도 님과 나와의 존재도 잊을 때'의 그 마음은 지혜바라밀智慧波羅蜜이다. 만물의 참다운 실상을 깨닫고 불법을 꿰뚫어 보는 힘, 온갖 분별과 망상에서 벗어나 존재의 참모습을 앎으로써 성불하는 마음에 이른다. 휘몰아치는 사랑과 멈출 줄 모르고 가슴에서 솟아나는 샘물, 그 생명력이 지혜를 만들어 낸다.

머리로 아무리 쥐어짜고 애써 봐야 지혜가 나오지 않는다. 한 존재와 엉클어지는 참된 사랑을 나눌 때, 머리의 삿된 망념은 꺼지고 오로지 순수의식을 통한 지혜의 샘물이 감로수처럼 흘러나오게 된다. 그저 자연스러운 에너지와 사랑의 흐름으로 '함이 없이 함을 이루는' 무위의 상태다.

지혜라는 것은 단지 앎의 상태가 아니다. 자신의 앎이 생명력을 갖는 상태다. 생명력을 갖기 위해서는 사랑이라고 하는 전원 스위치를 '온on'해야 한다. 그래야 우리 존재가 온전해질 수 있다. 이렇게 무르익은 사랑을 자비慈悲라고 한다. 자비의 대명사가 바로 부처님이다. 지혜를 깨달은 분이면서 자비라는 복덕福德을 지니신 분이다. 그래서 불자들은 복덕과 지혜를 다 갖추신 부처님께 귀의한다(귀의불 양족존歸依佛 兩足尊).

부처님은 중도中道와 연기법緣起法(또는 인연법因緣法)을 깨달으신 분이다. 동시에 궁극적인 사랑인 자비를 깨닫고 실천하신 분이다. 깨닫고 난 후에 약 45년 동안 깨닫지 못한 불쌍한 중생들을 건지기 위해 살아가신 모습을 통해 알 수 있다. 이렇게 부처님의 생애를 바라보면 궁금증이 자연히 풀리게 된다.

그분도 우리와 비슷한 고민을 하셨고 그 답을 찾기 위해 수행하셨으며 사람들에게 그 답을 나누어주셨다. 우리 모두가 부처님같이 지혜와 자비로 살아가면 참 좋겠다.

눈 덮인 길 위의 나는 혼자가 아니다

나를 힘들게 하는 사람,
그런 관계가 있나요?

행복과 불행은 관계에서 비롯됩니다.
감당하기 어려운 관계가 있다면
정리하거나 개선해야 합니다.

피할 수 있다면 지혜롭게 피하고
피할 수 없다면 좋은 방법을 찾아

마음을 내는 쪽으로 애써 보세요.

지금 많이 힘들고 지친다면
해 뜨기 직전에 가장 어둡고
봄 오기 전 가장 춥다는 사실을 기억해 주세요.

힘들고 괴로운 관계가
확실히 정리되거나 회복되면 좋겠습니다.

●●

출가자로 대학 다니던 시절, 도서관이나 기숙사 창밖으로 내리는 눈을 바라볼 때면 고즈넉한 분위기가 참 좋았다. 감상에 젖곤 했다. 눈 내리는 고요한 풍경을 보고 있노라면 「러브레터」, 「러브 스토리」와 같은 사랑을 주제로 한 영화가 떠올랐다. 눈 내리는 상황과 함께 연상되는 장면이 모두 사랑과 관련된 이야기뿐이라니…… 씁쓸한 기분이 들기도 했지만 그 둘이 서로 떼려야 뗄 수 없다는 사실은 부정할 수 없었다. 그럴수록 도의 세계에서 끝장을 보겠다는 의지와 각오를 다시 다지곤 했다.

스님이라고 해서 사랑이라는 감정을 무조건 무시해야 하는 건 아니다. 어설프게 억누르고 부정하다 보면 왜곡된 마음 작용으로 변질될 수도 있다. 인간의 마음에는 지정의知情意 라는 세 가지 요소가 있다고 한다. 즉, 지성 감정 의지는 누구나 선천적으로 지니고 있다. 사랑은 우리 마음이 품고 있는 아주 고귀하고 아름다운 가치이자 원천적인 힘이다. 사랑이라는 본성에는 문제가 없다. 다만, 거기에 집착하기 때문에 본성대로 작용하지 못하는 것이다. 집착하는 마음이 문제다. 이 집착과 번뇌를 소멸시키고 해탈하면 자신의 몸과 마음, 수많은 인연으로부터 오는 고통에서 벗어나 행복할 수 있다.

눈 내리는 풍경의 고즈넉한 분위기에 젖은 짧은 휴식도 잠시, 나는 스님의 신분으로서 탁발수행을 해야 했다. 눈 오는 날이라고 해서 예외는 없었다. 학교 수업을 마치고 기숙사를 향하는 발걸음은 조금 무거웠다. 복장을 따뜻하게 하고 새로운 마음으로 탁발수행을 하기 위해 다시 바깥으로 나갔다.

탁발수행이란 가가호호 방문하여 만나는 사람들에게 행복과 깨달음을 위해 기도를 해 주는 일이다. 20대 수행 생활의 중심이 이 탁발수행이었다. 목탁을 두들기며 사람들의 정신을 깨우고 반야심경을 독송하며 불교의 가르침과 깨달음을 전해 주는 일. 만나는 한 사람 한 사람이 정말 잘되기를 바라는 마음으로 기도했다. "진실로 비워져야 복을 빌어 줄 수 있다."라는 말씀을 가슴에 새기며 내 안의 욕심과 쓸데없는 망상을 비우면서 사람들이 복 받을 수 있기를 진심으로 바랐다.

하지만 항상 그런 긍정 에너지만 유지되는 것은 아니었다. 장사에 방해된다며 문전 박대하는 점주도 있었고, 소란을 피운다며 욕을 퍼붓는 기독교인도 있었다. 처음에는 나도 화가 났다. 그들과 같은 마음을 내기 싫어서 언제부턴가 뭐라 하든지 복을 빌어 주고 나왔다. 그렇게 마음먹자 시간이 흐를수록 비난하는 사람들이 괜찮게 느껴지고 화가 누그러져 어느새 하심下心의 마음으로 낮출 수 있었다.

비난하는 사람만 있었던 것은 아니다. 많은 분이 시주해 주고 진심을 담아 기도해 주셨다. 열심히 공부해서 큰 스님이 되라고 축원해 주시는 분도 계셨다. 기독교인인데도 시주를 하면서 응원해 주시는 분들을 만날 때는 감동에 겨워 울컥하기도 했다.

탁발수행을 하면서 힘들 때마다, 대학 생활에서 외로움이 닥쳐올 때마다 떠올렸던 선시가 하나 있다. 서산 대사로 알려진 청허당 휴정 스님의 「답설야중거踏雪夜中去」라는 시다. 이 글귀를 가슴에 담고 스스로를 위로하며 이런 마음을 가졌다. '비록 지금은 홀로 길을 걷지만, 언젠가 이 길을 따라올 후배를 위해 힘내서 정진하자. 그들에게 희망의 메시지를 주자. 뒤따라오는 사람들을 잘못된 길로 인도하지 않기 위해 정도正道를 걷자.'

・・

답설야중거踏雪夜中去 눈 덮인 들판을 걸어갈 때

불수호란행不須胡亂行 함부로 걷지 마라.

금일아행적今日我行蹟 오늘 내가 걸어간 발자국은

수작후인정遂作後人程 뒷사람의 이정표가 되리니.

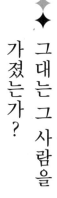

그대는 그 사람을 가졌는가?

내가 하기 싫은 것은

남도 하기 싫은 법이고

내가 대접받고 싶은 만큼

남도 존대받고 싶습니다.

감동을 준 만큼 감동을 받게 됩니다.

나보다 못한 존재는 없습니다.

각자 부처의 성품을 지닌 존귀한 존재들입니다.

내 안에서 부처의 성품을 발견한다면

모든 존재가 부처라는 사실을 명명백백히 알 것입니다.

너와 내가 다르지 않다는 우주의 이치를 깨닫게 될 것입니다.

● ●

(1)

만 리 길 나서는 길

처자를 내맡기고

맘 놓고 갈 만한 사람

그 사람을 그대는 가졌는가?

온 세상이 다 나를 버려

마음이 외로울 때도

'저 맘이야' 하고 믿어지는

그 사람을 그대는 가졌는가?

탔던 배 꺼지는 순간

구명대를 서로 사양하며

'너만은 살아다오' 할

그 사람을 그대는 가졌는가?

(2)

불의의 사형장에서

'다 죽여도 너희 세상 빛을 위해

저만은 살려 두거라' 일러 줄

그 사람을 그대는 가졌는가?

잊지 못할 이 세상을 놓고 떠나려 할 때

'저 하나 있으니' 하며

빙긋이 눈을 감을

그 사람을 그대는 가졌는가?

온 세상의 찬성보다도

'아니' 하고 가만히 머리 흔들 그 한 얼굴 생각에

알뜰한 유혹을 물리치게 되는

그 사람을 그대는 가졌는가?

• ●

함석헌 선생님의 「그대는 그 사람을 가졌는가?」는 참 좋은 시다. 수행을 처음 시작하던 시기에 접했는데, 지금까지도 나를 각성시키고 경책해 주는 귀중한 말씀이 되어 준다. 수행은 자기가 하는 것이다. 동시에 어떤 스승과 도반을 만나는지도 중요하다. 수행법을 가르쳐 주고 깨침을 주는 것이 스승의 역할이고, 또 수행력을 기르기 위해서는 도반(수행의 벗)의 도움이 불가피하기 때문이다.

이 세상을 살아가는 데 인연은 참 중요하다. 함석헌 선생의 시구는 그러한 가르침을 감성적으로 잘 느끼게 해 주는 탁월한 작품이다. 이 시에서 화자는 자꾸만 '그 사람'을 가졌느냐고 묻는다. 내가 믿을 수 있고 이 세상을 위해서 필요한 그 사람을 가져야 한다는 메시지를 반복적으로 말한다.

시를 (1)과 (2)로 나눠 보면, 첫 번째 파트에서는 '정신적으로 가깝고 의지할 만한 벗'이 있는지 묻고, 두 번째 파트에서는 '이 세상을 위해서 없어서는 안 되는 훌륭한 사람'이 있는지 묻는다. 따라서 첫 번째 파트는 '진정한 도반이 있느냐', 두 번째 파트는 '진정한 스승이 있느냐'는 물음이 된다. 도반이 스승이 될 수도 있고, 스승이 곧 도반이 될 수도 있다. 삼척동자의 언행이 나에게 가르침을 주거나 내가 가르침으로 받아들인다면 스승이기 때문이다.

불교에서도 유사한 가르침이 있다. 잡아함 27권 『선지식경』을 보면, 아난존자가 부처님께 이렇게 여쭌다.

"세존이시여! 수행자에게 좋은 도반이 있으면 그 사람은 수행의 반을 완성한 것이 아닐까요?"

이에 부처님께서는 고개를 저으며 말씀하셨다.

"아난아! 그렇지 않다. 좋은 벗이 있다는 것, 선지식이 있다는 것, 좋은 사람들에게 둘러싸여 있다는 것은 수행 전부를 완성한 것이나 다름없다."

출가하기 전에 속 이야기를 털어놓을 가까운 벗이 없었다. 밥을 같이 먹거나 대화를 나누는 친구는 있었다. 다만, 나와 세상에 대한 번민과 궁금증에 대해 공유하면서 깊은 대화를 나눌 수 있는 사람이 없었다. '어떻게 살아야 하는지' 방향성과 가르침을 줄 멘토나 스승도 만나지 못했다. 좋은 강연과 책으로 감동한 적은 있었지만, 유명 강연자나 베스트셀러 작가가 참된 스승이 되어 줄 수는 없는 실정이었다.

그 와중에 내 얘기를 듣고 이해해 주는 도반과 삶의 지침과 이정표가 되어 주는 스승을 만난 건 출가 결정에 적잖은 영향을 주었다. 20세의 나이에 처음 명상센터에 가게 되었다. 거기에는 나보다 두 살 많은 스님도 있었고, 대부분 20~30대 스님들이 있었다. 은사 스님도 30대였다. 지금 내 나이와 비슷했다. 이야기가 잘 통하는 속 깊은 동네 형들이 여럿 있는 것 같았다. 이분들과 함께라면 힘든 수행 과정도 거뜬히 해낼 수 있을 것 같은 막연한 기대와 희망이 있었다. 그래서 출가의 의지를 보다 수월하게 낼 수 있었다.

두 살 많은 사형 스님과 군대에도 함께 가게 되었다. 강원도 양구에 있는 2사단 전방으로 동반 입대를 한 것이다. 서로 참 많은 의지와 힘이 되었다. 전역하고 사형은 환속했지만, 그 후에도 연락하며 형제처럼 지낼 수 있었다. 그 당시 나는 사형에게 사형은 나에게 '그 사람'이었을 것이다.

오늘도 나는 스스로 묻는다.

"나는 그 사람을 가졌을까? 그리고 나는 누군가에게 그 사람이 될 수 있을까?"

그리고 세상을 향하여 외쳐 본다.

"슬기롭게 살아가는 지혜는 자신이 만들어 가는 것이다. 거기까지 가는데 도반과 스승의 도움 없이는 참 어렵다. 좋은 인연을 위한 노력은 가치 있는 일이다. 좋은 도반과 스승을 만날 수 있다면 산을 넘고 물을 건너는 간절함이 있어야 한다. 의지를 내고 나아가자. 두드리면 열리고, 구하면 얻으리라!"

●●

그때의 마음과 현재 내 마음

그 시절 사람들과 지금 내 인연

그동안 너무 많이 달라졌네요.

그때의 인연들도 지금 사람들도 소중해요.

다시 그곳에 가도 예전의 그것은 느낄 수 없겠죠.

하지만, 괜찮아요. 이렇게 잘 살아가고 있으니까요.

과거에 미련을 갖기보다

현재에 살아 숨 쉼을 느껴요.

지금이 있어서 예전이 의미 있는 것이지

지금 내가 없다면 과거도 미래도 없어요.

지금 지금 지금, 이 순간 이 순간순간에

살아 숨 쉬고 있음에 감사하기로 해요.

〈에너지명상〉

관계성을 회복하는 시간

상대와의 관계가 좋아지려면 나와의 관계를 먼저 회복해야 합니다.

내 속엔 내가 너무 많습니다. '여러 나'와 소통을 해야 합니다.

몸과 감정, 호흡과 소리와 에너지 그리고 마음과 의식까지

느끼고 공명할 수 있어야 합니다.

깨어 있는 현재 의식의 내가

마음 깊숙한 부분의 무의식으로서의 나와

관계를 맺을 수 있어야 합니다.

생각하고 알아차리는 '현재 의식의 나'

나를 구성하고 나에게 계속 정보를 주며 소통하는 '무의식의 나'

'에너지 명상'으로 현재 의식과 무의식의 관계성을 회복해 봅시다.

먼저, '준비운동'을 하겠습니다.
편하게 할 수 있는 스트레칭으로 간단하게 몸을 풀어 줍니다.

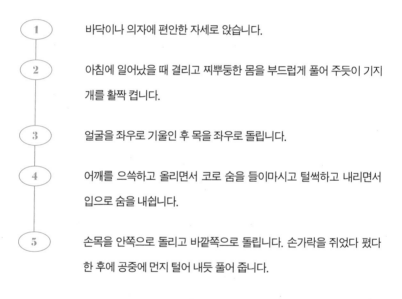

1 바닥이나 의자에 편안한 자세로 앉습니다.

2 아침에 일어났을 때 결리고 찌뿌둥한 몸을 부드럽게 풀어 주듯이 기지
   개를 활짝 켭니다.

3 얼굴을 좌우로 기울인 후 목을 좌우로 돌립니다.

4 어깨를 으쓱하고 올리면서 코로 숨을 들이마시고 털썩하고 내리면서
   입으로 숨을 내쉽니다.

5 손목을 안쪽으로 돌리고 바깥쪽으로 돌립니다. 손가락을 쥐었다 폈다
   한 후에 공중에 먼지 털어 내듯 풀어 줍니다.

'준비운동'을 통해 몸과 마음을 이완시키고 '에너지 명상'에 들어갈 준비

를 합니다. '준비운동'을 5분 정도 지속해 줍니다.

이제 '에너지 명상 1단계'를 시작하겠습니다.

1. 정화수를 떠 놓고 빌듯이 정성스러운 마음으로 두 손바닥을 둥글게 돌리면서 마찰해 줍니다. 손바닥에 어떤 느낌이 있는지 알아차립니다(따뜻함과 차가움, 부드러움과 거침, 촉촉함과 건조함 등).

2. 손바닥을 마찰하면서 기운이 처지면 숨을 들이마시고 답답함이 느껴지면 내쉽니다. 진행하다 보면 깊은 심호흡이 자연스럽게 나오기도 합니다.

3. 손바닥이 따뜻해질 때까지 약 2~3분 계속 비비며 마찰해 줍니다.

4. 위 과정을 하면서 몸이 덜 풀린 부분이 있다면 자연스럽게 더 풀어 줍니다. 호흡과 소리와 감정까지도 편안하고 자연스러운 상태가 되기를 의식하면서 진행합니다.

손바닥 마찰을 하는 것만으로도 마음이 편안해지고 몸의 혈액과 기혈 순환이 원활해집니다.

다음으로 '에너지 명상 2단계'를 시작하겠습니다.

1. 척추를 곧게 세우고 턱을 목 방향으로 당기며 머리가 하늘과 수직이 되도록 자세를 취합니다.

2. 복부를 앞으로 밀어 척추를 편안하게 합니다.

3. 두 팔을 뻗어 가슴에서 20cm 떨어진 곳에 놓아줍니다. 두 손 사이의 간격도 20cm 정도로 맞춰 줍니다.

4. 손과 팔에 현재 상태를 유지할 만한 최소한의 힘만을 남기고 나머지 힘을 다 뺍니다. 긴장감을 풀고 마음을 편안히 하면 이완이 더 잘 됩니다. 힘이 잘 빠지지 않는다면 '준비운동'과 '에너지 명상 1단계'를 조금 더 합니다.

5. 두 손 사이 간격을 어깨너비 또는 그보다 더 크게 넓혀 줍니다(확장할 때 천천히 움직여 주세요).

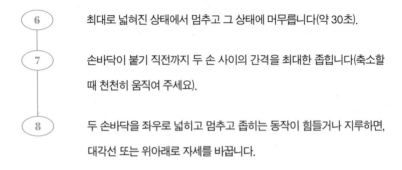

6 최대로 넓혀진 상태에서 멈추고 그 상태에 머무릅니다(약 30초).

7 손바닥이 붙기 직전까지 두 손 사이의 간격을 최대한 좁힙니다(축소할 때 천천히 움직여 주세요).

8 두 손바닥을 좌우로 넓히고 멈추고 좁히는 동작이 힘들거나 지루하면, 대각선 또는 위아래로 자세를 바꿉니다.

손과 팔을 움직이고 멈추는 동작은 에너지를 증폭하는 과정입니다.

다음으로 '에너지 명상 3단계'를 시작하겠습니다.

1 두 손바닥을 마주 본 상태로 유지하면서 힘을 최대한 뺍니다.

2 두 손바닥과 손등을 감싸고 있는 에너지 필드(기운의 장, 오라)을 느끼려고 의식합니다.

3 빽빽한 밀도감과 따뜻한 온열감, 밀고 당기는 자력감 등등 에너지장의 기운을 느껴 봅니다.

(4) 충분히 에너지가 느껴지고 채워졌을 때 저절로 손과 팔이 움직입니다. 그 기운과 흐름을 미세하게 관찰하면서 느리게 따라가 줍니다. 힘을 많이 뺄수록 더 잘 느껴지고 에너지의 흐름을 타는 게 수월해집니다.

처음에는 잘 느껴지지 않는 경우가 많습니다. 포기하지 말고 꾸준히 하다 보면 에너지에 대한 감각이 깨어나기 시작할 것입니다.

마지막으로 '관계 회복 명상'을 하겠습니다.

(1) '에너지 명상 3단계'의 상태에서 자기 자신에게 감사하는 마음을 갖습니다.

(2) 자기 자신과의 관계를 먼저 회복합니다. 가슴 깊은 곳에 집중하고 '미안합니다, 용서하세요, 고맙습니다, 사랑합니다'를 번갈아 가면서 말합니다. 소리를 내도 되고 내지 않아도 됩니다. 소리를 내면 효과가 더 좋습니다.

가슴 중앙에 집중하면서 에너지를 느끼고 깊이 숨을 들이쉬고 내쉬며 나에게 먼저 "미안합니다"라고 말합니다.

가슴 중앙에 집중하면서 에너지를 느끼고 깊이 숨을 들이쉬고 내쉬며 나에게 먼저 "용서하세요"라고 말합니다.

가슴 중앙에 집중하면서 에너지를 느끼고 깊이 숨을 들이쉬고 내쉬며 나에게 먼저 "고맙습니다"라고 말합니다.

가슴 중앙에 집중하면서 에너지를 느끼고 깊이 숨을 들이쉬고 내쉬며 나에게 먼저 "사랑합니다"라고 말합니다.

3 관계를 회복하고 싶은 한 사람을 떠올립니다. 가슴에 집중하고 '미안합니다, 용서하세요, 고맙습니다, 사랑합니다'를 번갈아 가면서 말합니다. 소리를 내도 되고 내지 않아도 됩니다. 소리를 내면 효과가 더 좋습니다.

4 가슴 깊은 곳에 집중하고 그 사람의 가슴과 내 가슴이 깊이 연결되어 있음을 느끼고 상상하면서

"미안합니다"라고 말합니다.

"용서하세요"라고 말합니다.

"고맙습니다"라고 말합니다.

"사랑합니다"라고 말합니다.

5 나와 상대방에 대해 진심으로 '미안함, 고마움, 사랑'을 고백하면서 어떤 느낌이 오고 가는지 내 마음과 생각이 어떻게 변화되었는지 알아차리고 느껴 봅니다.

3장

예전과 다른 삶을
살고 싶다면

"당신이 머무는 곳마다 당당한 주인공이 되세요."

삶은 배움의 연속이라고 합니다.
어렸을 때는 기본 소양을 갖추고 진학을 위해서 공부를 했습니다.
점차 어른이 되고 나이를 먹으면서 하는 공부는 조금 다른 것 같습니다.

목표를 이루기 위한 공부가 아니어도 좋을 것 같아요.
내 삶을 보다 윤택하고 풍성하게 할 수 있는 것,
만족할 수 있는 삶을 위한 노력,
내적으로 성장할 수 있는 경험들 모두가 배움이자 공부가 될 것입니다.

공부의 본질은 배우는 것일까, 덜어내는 것일까?

설렘이 일상이었던 사춘기 시절을 떠올려 봅니다.

사계절 일 년 내내 봄이라고 해서 사춘기라고 합니다.

바람에 흔들리는 나뭇가지 잎을 보면서도

가슴 깊숙이 전율이 오고 괜히 웃음이 나오기도 했습니다.

지나가는 사람이 그 모습을 보았다면

정상으로 보이진 않았을 것입니다.

설렘과 떨림…… 이 적당한 진동은

나를 살아있게 하는 활력이 되어 줍니다.

십 대 사춘기 시절에는

길고 짧음을, 좋고 나쁨을 따지지 않았습니다.

가슴에서 벅차오르는 설렘이 시키는 대로 할 뿐이었습니다.

하지만, 세상은 우리를 그냥 그렇게 두지 않습니다.

학교에서는 공부와 대학만을 바라보도록 하고,

사회에서는 연봉이 높고 안정적인 직장으로 사람들을 몰아넣으며

스펙을 쌓아야 한다고, 성공해야 한다고

암묵적인 강요를 하고 있습니다.

곰곰이 생각해 봐요.

우리가 살아가는 이유를……

순수한 의식의 문을 키우기 위함 아닐까요?

수행을 통한 순수성과 순수의식의 회복이 참 중요합니다.

누구든 사춘기가 되면 순수의식의 문이 열리기 시작합니다.

그 구멍을 통해서 살아 숨 쉬게 하는 생명력이 들어옵니다.

지금껏 그것을 자꾸 잊고

현실과 세상이 요구하는 조건을 채우기 위해서

살아온 건 아닌지 스스로 돌아보게 됩니다.

이 순수성은 나의 출발점,
내 존재의 근원과 통해 있습니다.
스스로를 만족시키고 행복하게 만드는 길,
그것은 이 문을 여는 길일 것입니다.

쓸쓸한 가을이 지나가면 추운 겨울이 옵니다.
추운 겨울이 지나가면 따뜻한 봄이 다시 올 테지요.
우리의 가슴에도 봄기운이 가득 차오르고
설렘이 아지랑이처럼 피어오르면 좋겠습니다.

● ●

공부를 좋아하는 사람이 있을까? 세상에는 다양한 사람들이 있
다. 그중에는 공부가 취미이며 즐겨 하는 사람도 있을 것이다. 반면에
공부라면 질색인 사람도 있을 것이다. 나는 후자에 가깝다. 공부가 재
미있을 때도 있지만, 그보다 더 재밌는 것은 세상에 많다. 해야 한다는
의무감이 없다면 굳이 애써 공부를 열심히 하지 않을 것 같다.

삶은 참 아이러니하다. 가끔은 어쩔 수 없이 시작한 공부가 재미

있다. 그 즐거움에 흠뻑 빠져있다 시간 가는 줄 모를 때도 있다. 특히 내가 관심이 있는 분야의 공부는 시키지 않아도 알아서 한다. 재미있어서 그 분야의 공부를 열심히 했는데 결과도 좋아서 보상을 받으면 계속해서 하고 싶어진다. 나에겐 고등학생 시절, 물리 과목이 그랬다. 처음에는 조금 어렵긴 했지만, 원리를 이해하니 공식을 쉽게 기억할 수 있었다. 그 공식을 상황에 맞게 대입하니 문제가 술술 풀렸다. 남들이 어려워하는 과목을 잘하게 되니 성적도 좋게 나왔고 그 후로 더 열심히 하게 되었다. 물리에 대한 초두효과(初頭效果, 첫인상이나 초기 정보가 기억에 큰 영향을 미친다는 이론)가 긍정적이었다. 그 후에 더 어려운 문제를 접하게 되었을 때도 도전할 수 있었고, 막히더라도 스스로 해결해보려고 애를 썼다. 그래도 안 되면 선생님이나 다른 누군가에게 도움을 요청하기도 했다.

긍정 심리학자 미하이 칙센트미하이 교수의 '몰입Flow의 이론'을 보면 공부가 재미있는 이유를 알 수 있다. 그는 행복, 창조성, 성취에 관한 선구적인 연구를 해 왔다. 특히 일과 놀이, 예술 등에 집중할 때 몰입이 되는 원리를 설명했다. 자신의 역량보다 조금 높은 난도의 무엇을 할 때, 그것에 대한 동기부여가 되고 집중을 잘할 수 있으며 행복감을 느낀다는 것이다. 너무 쉬운 것을 하면 지루해서 하기 싫어진다. 어려운 것을 하면 할 수 없다는 한계를 느끼며 거부감이 생긴다. 따라서 긍정적인 초두효과에 몰입할 수 있는 개인의 역량과 과제의 난이

도가 맞으면 공부에 재미를 느낄 수 있게 된다.

일반적으로 공부라고 하면 학교에서 행해지는 학습이나 자격 취득을 위한 시험을 위한 것으로 여긴다. 그러면서도 우리는 흔히 '세상에 공부 아닌 게 어디 있어?'라고 말한다. 어디까지가 공부고 어디까지가 공부가 아닌지 그 경계도 참 애매모호하다.

중국 철학의 양대 산맥이 있다. 유가儒家와 도가道家다. 유가의 창시자는 공자고, 도가의 창시자는 노자다. 공자는 배움에 대한 중요성을 강조했다. '배우고 수시로 익히면, 또한 기쁘지 아니한가(學而時習之 不亦說乎 학이시습지 불역열호)'라는 말은 『논어論語』1장의 첫 구절이다. 노자의 사상을 이해할 때도 제일 중요한 것이 『도덕경道德經』제1장의 '도에 대해 말할 수 있으면 진정한 도가 아니다(道可道 非常道 도가도 비상도)'라는 첫 구절이다. 그의 가르침에 따르면, 무엇에 관한 설명을 하는 순간부터 그 의미는 거기에 한정된다. 그래서 개념화를 경계해야 한다. 배운다는 것은 모방이며, 거기에서 끝나면 안 된다고 한다. 배운 것을 바탕으로 자신만의 시각을 확립하고 이미 개념화된 것을 덜어내야 한다는 것이다.

유가는 배우고 익히고 습득하는 것을 중요시한다면, 도가는 배움을 부정하는 것은 아니지만, 덜어내는 과정이 필요하다고 역설한다. 공부에 대한 본질이 무엇인지 생각하다 보니 막다른 골목을 마주

한 것 같았다. 불교의 핵심은 중도^{中道}와 연기^{緣起} 그리고 공성^{空性}이다. 그중에서 중도 사상을 배움에 적용해 봤을 때, 풀리는 것들이 있다.

'배우고 익혀야 한다는 것'과 '덜어내야 한다는 것' 모두 맞는 말이다. 또한, 모두 틀린 말이기도 하다. 이렇게 보는 관점은 공가중삼관^{空假中三觀}이라고 한다. 모든 사물의 실체를 인정하지 않는 공관^{空觀}, 모든 사물의 현상을 인정하는 가관^{假觀} 그리고 모든 사물의 실체와 현상을 하나로 보는 것이 중관^{中觀}이다. 다시 말해, 모두 부정하고 모두 인정한 후에야 비로소 보이는 것이 가장 진리에 가깝다는 것이다.

배우고 익히면서 덜어내는 과정이 둘이 아니라 하나라고 여기면 좋겠다는 결론을 내렸다. 신토불이^{身土不二}라는 말에서 몸(身)과 땅(土)이 다르지 않다는 의미의 불이^{不二}의 관점과 유사하다. 책을 읽고 기억하고 개념화하는 과정은 학습에 있어서 매우 중요하다. 학습^{學習}이라는 글자에서 습은 '새가 날갯짓을 반복적으로 하는 모양'을 의미한다. 지속적이고 반복적으로 입력을 해야 한다. 그런데 계속 배우고 익히며 저장만 하면 곤란하다. 시간이 지나면 금방 잊힐뿐더러 효용 가치가 줄어든다. 입력한 정보를 출력해서 재생산할 수 있어야 한다. 출력이라는 과정을 통해서 습득한 정보와 학문을 비워낼 수 있다. 비워내고 덜어내는 것은 나눈다는 의미도 된다. 내 안에 저장해 둔 정보를 밖으로 꺼내는 과정에서 새로운 개념으로 정립된다. 모방으로써 습득한 것들이 비로소 나의 것으로 바뀌게 된다.

이러한 학습의 원리는 삶 전반에 걸쳐 있다. 시험과 자격 취득을 위한 공부만이 공부가 아니다. 아침에 눈을 떴을 때 눈을 통해 들어오는 시각 정보, 귀를 통해 들려오는 청각 정보, 코를 통해 들어오는 후각 정보, 물을 마실 때 느껴지는 미각 정보, 피부로 느껴지는 촉각 정보 등이 모두 학습이고 배움이다. 무작위로 들어오는 이 정보들을 선별해서 받아들이고 그것을 내 삶에 필요한 것으로 처리하는 뇌의 작용과 의식의 직관이 있다.

배운다는 것은 입력된 정보를 잘 처리하여 출력하는 전반의 과정을 포함한다. 그래서 이해하기 쉽게 설명할 수 있는 사람은 배움을 잘한 것이다. 설명을 잘 못 한다면 자기 스스로 어떤 부분을 모르고 있는지 점검할 수 있다. 공학에서는 이 과정을 '신호와 시스템'이라고 한다. 학부 과정에서 신호와 시스템(Signals and Systems) 수업을 들을 때에는 무슨 말인지도 몰랐고 관심도 없었다. 대학과 대학원에서 계속 공부를 하고 수행을 통해 감각에 예민해지면서 그 과정이 조금씩 보이기 시작했다. 삶이 곧 배움이고 배움은 습득하고 비워내는 과정의 반복을 통해 차츰차츰 쌓여가는 것이라는 것을 알게 되었다.

불교에서는 수행修行을 수습修習이라고 표현하는데, 인턴이나 신입사원이 수습 과정을 통해 기본적인 것을 익히는 과정을 의미하는 단어와 같다. 산스크리트어로는 바바나bhavana라고 한다. '~이 되다', '~이다'라는 의미의 'be' 동사와 어근이 같다. 따라서, 수행은 무엇, 어떤 존재가 되어간다는 의미다.

배우고 덜어내는 과정을 숱하게 반복하면서 우리는 어디를 향하고 있는 것일까? 배움을 통해서 얻고자 하는 것, 되고자 하는 것은 무엇일까?

우리 모두는 진정한 자기 자신이 되기 위한 배움과 수행(수습)의 길 위에 있다. 유가, 도가, 불가에서 이야기하는 배움과 수행의 의미를 살펴보고 자신의 삶에 비추어 봄으로써 나만의 답을 찾아보길 바란다.

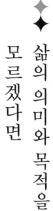

된다고 생각하는 순간부터 되기 시작하고

안 된다고 생각하는 순간부터 안 되어 갑니다.

공부든 수행이든 꿈이든 행복이든

내가 원해야 이룰 수 있습니다.

마음(정신)이 모든 걸 지어냅니다.

내가 삶의 주인공으로서 모든 걸 창조합니다.

깨달음과 삶의 행복도 모두 자신에게서

비롯되는 것임을 기억하길 바랍니다.

최근에 개봉한 애니메이션 「소울Soul」을 봤다. 코로나로 극장에 안 간 지 꽤 되었는데, 간만에 머리도 식히고 바람도 쐴 겸 길을 나섰다. 좋은 영화는 자신에게 거울이 되어 준다고 한다. 그런 면에서 소울은 내 삶을 돌아보게 하는 정말 좋은 영화였다.

대략적인 줄거리는 다음과 같다. 주인공 '조 가드너'는 멋진 재즈 공연을 꿈꾸는 중학교 밴드의 음악 선생님이다. 친구의 소개로 꿈에 그리던 리허설과 공연을 할 기회가 주어졌다. 그런데 그날 갑작스러운 사고로 의식이 없는 혼수상태에 빠지게 되고 태어나기 전 영혼들이 머물러 있는 곳으로 가게 된다. 거기에서 수천 년간 지상에 인간의 몸을 쓰기를 거부하고 버티던 '22'를 만난다. 대기 중인 영혼들은 인간으로 태어날 수 있는 요건을 갖추면 지구로 내려오게 된다. 그걸 갖출 수 있도록 도와주는 역할을 멘토가 해 준다. 그것은 다름 아닌 '삶의 목적과 이유'다. 조 가드너는 22의 멘토가 되어 그걸 찾아 주려 한다. 둘은 지구로 내려와 삶의 목적을 찾기 시작한다. 22는 아주 사소한 것에 즐거움을 느끼고 의미를 찾게 된다. 피자 한 조각, 사탕 하나, 바람에 날아온 단풍나무 씨앗 등 사소한 것들에서 삶의 경이를 느낀다. 그리고 수천 년 만에 인간으로 태어나기를 바라게 된다.

조 가드너는 꿈에 그리던 재즈 공연을 하게 된다. 만족스러운 공연이었고 성공적이었다. 그렇게 고대하던 것을 이루었지만, 생각보다 그렇게 좋지는 않았다. 거기에 충격을 받는다. 그때, 같이 공연한 가수가 물고기 이야기를 들려준다.

어린 물고기는 늙은 물고기에게 헤엄쳐가서 말했다. "바다를 찾고 있어요."

늙은 물고기가 말한다. "네가 있는 곳이 바다란다."

어린 물고기가 대꾸한다. "여긴 그냥 물이잖아요!"

이 영화를 보면서 삶에 목적이 꼭 있어야 하는 건 아니라고 생각하게 되었다. 나에게 기쁨과 행복을 주는 것은 크게 대단한 게 아니다. 삶에서 이루어지는 소소한 것들이다. 책을 읽거나 산책을 하거나 친구를 만나는 것과 같은 나의 일상이다. 일상이 소중한 것은 너무 당연하지만 그 당연한 것을 평소에는 잘 모르고 산다.

요즘 코로나로 인해 아주 평범하고 당연한 일상이 어려운 일이 되어버렸다. 마스크를 쓰는 일이 일상이 되었고, 이젠 예전으로 돌아가긴 어려울 것 같다. 전 세계의 많은 사람이 어려움을 겪고 있다. 그 와중에 절실하게 느끼게 되는 게 있다. 일상이 기적이었다는 것이다. 당연하다고 생각했던 것들이 너무 소중하고 귀하다. 어려움을 겪지 않고 그걸 깨달을 수 있으면 더 좋았을 텐데. 하지만 어려움을 겪고 아무엇도 얻지 못하는 것보다는 낫다. 평범한 일상을 빼앗겼지만, 그로써 그것이 얼마나 소중한지 알게 되었다.

삶의 의미와 목적을 잘 모르겠다면, 나에게 주어진 삶을 충실하게 살아가는 것도 하나의 방법이다. 그렇게 하루하루 순간순간을 성실하게 살다 보면 어느 날 하나씩 찾을 수 있을 것이다.

나는 대학교에 입학한 이후로 계속 학교에 머물고 있다. 분명한 목적이 있어서 그런 건 아니다. 좋은 성과와 성취가 있으면 좋겠지만, 그게 아니더라도 학교에서 공부를 하면 마음이 편하다. 내가 잘할 수 있고 즐길 수 있는 게 학업이라고 여기는 것 같다. 목표가 분명하지 않은 사람에게 학교는 좋은 울타리가 되어 준다. 구속하고 속박하는 것 같지만, 최소한의 가이드라인을 만들어주기 때문에 길을 잃지 않을 수 있다. 잠시 길을 잃어도 그 울타리 안이므로 안전하다. 그렇게 대학교에서 10년, 대학원에서 5년간 있다 보니 이제는 조금 알 것 같다. 그동안 학교가 나에게 해 준 것들을……

현재 나는 동국대학교 일반대학원 석박사통합과정에서 인도철학을 전공하고 있다. 교과 과정을 모두 수료했으니 이제 박사 논문을 쓰고 심사에 통과해서 학위를 취득하고 졸업하면 된다. 학교는 나에게 이러한 방향을 제시해 주고 갈 수 있도록 도와준다. 기숙사는 공부에 집중할 수 있도록 방해 요소를 차단해 주는 역할을 해 준다. 아침에는 명상으로 하루를 시작하고 책을 읽고 글을 쓴다. 그러다 좁은 실내 공간이 답답하면 넓은 도서관에 가기도 하고 산책을 하면서 다소 경직되었던 몸을 풀어 준다. 박사 학위 취득이라는 목표를 설정하고 그걸 이루려는 방법을 찾고 삶의 스타일을 맞추다 보니 일정한 패턴으로 삶의 모습이 만들어졌다.

처음에 대학원으로 진학했을 때는 여러 가지 목표가 혼재되어 있었다. 대학원에 오면 누구나 학위를 취득하고 싶어 한다. 하지만 나는 꼭 그래야 한다고 생각하지 않았다. 박사 학위 취득이 목표라고 할 수 없었다. 목표로서 분명해진 것도 최근의 일이다.

대학원생으로서 수업을 들으면서 하나하나 생각해 보기로 했다. 어떨 때는 수업에 빠지면서 출판, 강연 등의 대외 활동을 하기도 했다. 봉은사에서 대학생을 지도하고 명상 프로그램을 운영하면서 포교를 했다. 그로 인해 나오는 강사비로 금전적인 문제를 해결하기도 했다. 공부에 소홀해지기도 하고 손을 아예 놔버린 적도 있었다.

어느 날은 갑자기 공부해야 하는 이유와 목적이 뭔지 안 잡히기도 했다. '휴학할까?', '자퇴를 할까?', '전과를 할까?', '박사 말고 석사로 전향할까?' 많은 고민과 고민을 거듭했다.

그렇게 시간은 흘렀고 이제 5년 차 대학원생이다. 그렇게 막연한 목표와 학생의 신분을 유지하면서 지내다 보니 학과 수업을 모두 듣고 졸업의 요건을 맞출 수 있었다.

우리는 누구나 불안정하고 미성숙하다. 보다 안정적인 상황과 자신을 만들기 위해 애쓸 뿐이다. 영적으로 내적으로 더 성숙하고 성장하기 위해 수행하고 정진할 뿐이다. 자신의 부족함이 있다는 것을 알았다면 그것이 무엇인지를 알고 하나하나 채워 가면 된다. 불필요한 것들로 가득 차 있음을 느낀다면 버리거나 비우면 된다. 처음부터 완벽한 사람도 없고 앞으로도 완벽해질 수 없다. 그저 자신의 자리에서 작은 목표를 세워보고 그걸 하나씩 해나가는 보람과 기쁨으로 살아가 보는 건 어떨까? 원하는 바가 무엇인지를 알게 된다면 그걸 위해 하나씩 배우는 마음으로 살아가 보는 것도 좋은 것 같다.

이번에 코로나를 겪으면서 혼자 있는 시간이 많아졌다. 자연히 공부에 더 집중할 수 있게 되었다. 새삼 충분한 시간을 갖고 공부할 수 있어서 다행이라는 생각이 든다. 또한 이렇게 기숙사라는 좋은 환경에서 공부할 수 있도록 해 준 분들에게 감사하다. 삶의 분명한 목적과 목표가 있는 것은 아니지만, 공부라는 일상을 누릴 수 있다는 것으로 만족한다.

● ●

가장 잘할 수 있는 걸 하자.

딱 잘라 이거다 할 수 없지만

한번 가만히 눈을 감고 생각해 보자.

이것저것 다 할 수도 없고
신경 쓸 겨를도 없다.
하나둘 신경 쓰다 보면
결국 이것저것 다 하게 된다.

하고 싶은 걸 하면 눈치가 좀 보인다.
해야 하는 걸 하면 그냥 좀 답답하다.
잘할 수 있는 걸 하면 어떤가?
그래도 내가 할 수 있는 것 중에
가장 잘할 수 있는 것이다 보니
인정도 받고 즐거움도 느낀다.

잘하는 것 속에 하고 싶은 것과
해야 하는 것을 발견하는 방법이 있다.
하고 싶은 것도, 해야 하는 것도 많지만
할 수 있는 것, 그중에서도
가장 잘할 수 있는 것은 많지 않다.
그래서 더 쉽다.

이걸 일컬어 누군가는 원씽One thing이라고 했다.

잘하는 하나를 통해 다른 모든 걸 가능케 하는 것 말이다.

오늘도 나는 그 하나를 찾고 있다.

몸과 마음의 얼음을
녹이는 법

쉴 수 있을 때까지 쉬어보자.

잘 수 있을 때까지 잠자보자.

먹고 싶은 거 왕창 먹어보자.

쉬어도 쉬어도

자고 또 자도

먹어도 먹어도

채워지지 않는 그 무엇이

느껴질 때까지 다 한번 해 보자.

원 없이 해보고 완전히 충전되고 회복되어야
우리가 진정으로 원하는 그 상태에 머물 수 있을 것이다.

● ●

이 세상을 살면서 걱정 없이 마음 편히 살아갈 수만 있다면 그보다 더 좋은 것은 없을 것이다. 행복한 삶이란 어쩌면 무언가 얻고 성취함으로써 이루어지기보다 내 근심 걱정이 사라진 상태, 번뇌를 소멸한 평온한 마음에서 비롯되는 것인지도 모른다.

이러한 희망과는 다르게 사람들은 다양한 경쟁이 과열된 세상에서 수많은 스트레스를 받는다. 성과가 좋지 않거나 성적이 우수하지 않으면 그 세계에서 인정받지 못한다. 인정받지 못한다는 것은 도태와 탈락을 의미한다.

나의 학교생활 역시 이 경쟁 원리가 똑같이 적용되었다. 중고등학교에 들어가니 공부에 죽고 공부에 사는 학생들이 생기기 시작했다. 대학교에 진학하니 분위기는 더 살벌했다. 대학생이 되었을 때 아직 아무런 준비를 하지 못한 나에게 사회가 많은 걸 요구한다는 것을 느꼈다. 저들과 싸워 이겨야만 살아남을 수 있다는 대명제를 깔아 두고 치열한 전투의 현장으로 나를 내모는 것 같았다. 이러한 환경에서 어느 누가 긴장감을 내려놓고 마음을 편안히 하면서 친밀한 관계를 만들어 갈 수 있겠는가? 어제의 적이 오늘의 동지, 오늘의 동지가 내일의 적이 될 수 있는 상황에서 일터에서든 학교에서든 어디를 가나 마음 편히 있을 수 없었다.

나는 잦은 스트레스로 몸이 경직되었고 마음은 마치 좁은 감옥 안에 들어가 있는 것처럼 불편했다. 대학에서 이러한 삶이 되풀이될 수록 학교를 왜 다녀야 하는지, 공부를 왜 열심히 해야 하는지, 연봉을 많이 주는 직장을 왜 가야 하는지 의문은 더 커져만 갔다. 정해진 답은 간단했다. 이 사회에서 요구하는 인간이 되어야 한다는 것. 서양의 산업혁명 이후 대학은 산업 현장에서 쓸 수 있는 기술들을 배우는 직업 전문학교가 되어 버렸고, 그 형태가 고스란히 동양으로 넘어왔다. 산업 현장에서 쓸 수 있는 기술에 최적화된 인간이 되는 것이 우리 청년들의 동일한 목표가 되었다.

어쩌면 그 당시 나는 우물 안 개구리가 아니었을까? 우물 안에 있을 때는 명쾌한 답을 찾지 못한 채 주어진 목표에 따라 맡겨진 일을 꾸역꾸역하는 것만이 전부였다. 그저 성실히 해나가다 보면 인정받는 줄로, 그러면 되는 줄로 알았다. 출가해서 그때의 나를 돌이켜 보니 경쟁 사회 속에서 억지로 애쓰며 살아갔던 것 같아 안타깝다. 아이러니하게도 더 큰 범주에서 보면 지금의 나 역시 불가피하게 그 체제 안에 있다. 스님이라고 해서 그 모든 시스템에서 자유롭지 않다. 그 사실이 애석하고 씁쓸하다.

벗어나려 해도 벗어날 수 없는 스트레스, 긴장, 경직에서 해방되는 길은 없을까?

나는 명상을 배우고 그 해방을 맛보았다. 영화를 보고 책을 읽고 운동을 하고 좋은 사람들과 함께 있을 때 느껴지는 행복감보다 더 진하고 깊고 길게 느낄 수 있었다. 스승에게 배운 명상법은 불교 명상법이지만, 엄밀히 보면 우리나라 전통 선도 계열의 기 수련에 가까운 수련법이다. 스트레칭을 통해 몸을 풀고 두 손을 마찰한 후에 마주 본 두 손을 좁혔다 넓혔다 하면서 기감을 느끼면 되는데, 차츰 그 기운에 젖어 들고 머물면 자연스럽게 흐르게 된다. 그 수련법을 '에너지 명상'이라고 한다. 스트레스를 풀고 몸을 이완시키는 데 아주 탁월했다.

처음에는 물리학도로서, 들어온 에너지가 없는데 저절로 에너지가 흐르고 움직이는 것이 선뜻 받아들여지지 않았다. 들어오는 입력input이 없는데 출력output이 생기는 것은 무한동력 같았다.

출처를 알 수 없는 이 에너지의 원천은 무엇일까? 명상을 하면 할수록 나는 내면 깊은 곳으로 거슬러 올라가게 되었다. 언젠가는 그 근원에 닿겠지 하는 마음으로 수련을 계속했다. 수련하다 보니 점차 긴장했던 마음과 경직되었던 몸이 이완되어 갔다. 미래에 대한 걱정과 과거에 대한 후회에서 떨어져 나와 지금 이 순간 여기에 집중할 수 있었다. 이렇게 명상에 집중하니 어렵게 느껴지던 불교 명상도 대하기가 쉬워졌고 집중 명상, 관찰 명상, 인도 명상과 초월 명상 등 다른 명상법에 대해서도 배척하기보다는 실용적이고 유익하면 배워 보는 쪽으로 바뀌었다.

그전까지 나는 사람들과 만나거나 대중 앞에서 서는 것이 불편하고 부자연스러웠다. 사람들을 만나면 말 그대로 '얼음'이 되었다. 마치 '얼음' 상태에서 '땡' 하면 풀리는 '얼음땡놀이'처럼. 내가 전생과 현생에 지은 업장이 많아서 그런 건지, 아니면 살아가는 환경이 그래서 어쩔 수 없었던 것인지 얼음 상태에서 해방과 해탈이 쉽지 않았다.

어색하면 도리어 웃는 버릇이 있었는데, 일종의 방어기제였다. 누군가가 나를 공격할지도 모른다는 두려움과 긴장감 속에서 스스로 보호하는 본능 같은 것이었다. 나는 방어기제가 많았고 누군가에게 잘 보여야 한다는 강박관념이 심했다. 여기에서 자유로워지기 시작한 것은 명상을 통해서였다. 닥친 상황이 싫다고 외면하거나 회피하는 것이 아니라 직시하면서 이해하고 받아들이는 작업을 할 수 있었다.

명상으로 몸과 마음이 이완되니 삶에 많은 변화가 일어났다. 마음을 열고 다른 사람에게 먼저 다가갈 수 있었다. 마음을 열지 않는 사람에게도 먼저 다가갈 용기가 생겼다. 예전에는 사람들 앞에 서면 얼음이 되었는데, 이제는 얼음이 되려고 하는 순간 그걸 녹이는 마음가짐을 갖게 된다. 나아가 그 얼음이 녹아 흐르는 듯, 저 존재와 내가 서로 소통할 수 있게 되었다. 나의 부족함과 열등감을 구태여 숨길 것이 아니라, 그것을 오픈하고 상대방을 편하게 해 주는 게 더 좋다는 걸 알게 되었다.

이완은 행복의 출발이다. 아무리 금은보화를 가지고 사회적으로 존경받고 남들이 부러워하는 위치에 있다 해도 스트레스를 받고 긴장되어 있으면 기쁘고 행복할 수 없다. 별달리 가진 것이 없어도 긴장감을 내려놓고 이완할 수 있다면, 즐겁고 행복하게 살 수 있으며 어떠한 난관과 어려움이 닥쳐도 이겨 낼 수 있는 지혜와 힘이 생긴다.

모두가 각자에게 맞는 이완 방법을 찾아서 행복의 문으로 진입할 수 있다면, 더할 나위 없이 좋겠다.

이·뭣·고

숨이 들어오고 나감에
주의를 기울여 보세요.

숨이 코로 들어와 몸속에 머물다
다시 숨이 코로 나가는 흐름을 지켜봅니다.

매 순간 호흡 하나하나를 알아차립니다.
단순히 숨을 알아차리면 깨어 있을 수 있습니다.

수행자의 삶을 살면서 학교 공부보다 불교 공부가 더 쉽고 재미 있게 느껴질 때가 많았다. 스님 생활이 체질에 맞나 보다. 그래도 수행 의 과정이 힘든 것은 사실이다. 한문으로 된 경전 읽기는 까다로웠다. 그래도 요즘은 한글로 풀이가 잘 되어 있어서 습득하는 데 큰 어려움 은 없었다.

불교의 공부와 수행이 좋았던 이유는 선불교 특유의 단순함 때 문이었던 것 같다. 스님들이 모여 사는 곳을 절이라고 한다. 우리에게 는 집이니까 절집이라고 곧잘 부른다. 한집에서 살다 보면 성격이 안 맞아 부딪히는 일도 부지기수다. 군대에서 하루라도 일찍 입대하면 선임이고, 전역하는 그날까지 유지된다. 절집에서는 하루라도 더 일 찍 머리를 자르면 사형이 되고 선배가 된다. 법랍(절집에서의 연차를 의 미)이 오래되면 상하 개념이 무색해지지만, 출가 초기에는 들어온 연 차에 꽤 민감하다. 내가 맞고 선배 스님이 틀리는 때가 있다. 이 경우 에도 곧이곧대로 따지면 곤란하다. 대들고 따진다고 미운털이 박힐 수 있다. 직장 생활, 사회생활과 똑같다. 다만 조금 다른 게 있다면, 수 행법으로 해결할 수 있다는 점이다.

자신의 잘못을 인정하고 참회하는 방법이 있다. 부처님에게 참 회하고 피해를 본 당사자에게 가서 용서를 구하면 된다. 만일 그럴 수 없다면, 스스로 해결하는 수밖에 없다. 내 마음이 괴롭고 답답한 문제이므로 내 마음을 다스리면 된다. 명상법으로 복잡한 머리를 초기화시키고 텅 빈 것처럼 만들어 스트레스를 제거해 준다. 몸과 마음이 이완되고 편안해진다.

절집에서 일어나는 인간관계의 문제도 이 수행을 통해 해결할 수 있었다. 경우에 따라서는 여러 차례를 거듭해서 해결하기도 했지만, 그냥 참고 있는 것보다는 훨씬 나은 방법이다. 해소하지 않으면 속병을 앓다가 화병이나 우울증을 겪을 수도 있으니까 말이다. 몸과 마음을 이완시켜 편안하고 안정적으로 생활할 수 있게 되었다.

수행법은 아주 간단했다. 처음에는 이렇게 단순한 가르침과 수행법으로 여러 문제를 해결할 수 있을지 의구심이 들었다. 나중에는 부처님과 수많은 선지식 스승님들께서 나에게 일체 고통을 멸할 수 있는 어렵지 않은 방법을 가르쳐 주셨음을 알게 되었다. 그중에 나와 잘 맞는 수행법은 호흡법과 '이뭣고' 화두 알아차림 수행이었다.

호흡 수련은 지금 이 순간 호흡에 집중하는 명상이다. 코로 숨을 들이마실 때 아랫배가 볼록해지고 코로 숨을 내쉴 때 아랫배가 움푹 들어가는 호흡에 대한 마음챙김이다. 팔리어로 '아나빠나싸띠'라고 한다. 여기서 '아나'는 들숨이고 '아빠나'는 날숨이며 '싸띠'는 알아차리는 것이다. 들어오고 나가는 숨의 출입에 대한 알아차림이 있으면 된다. 남방불교에서 주로 많이 하는 수련법이다.

그리고 다른 한 가지, 가장 쉬우면서 효과적인 수행으로 '이뭣고'가 있다. '이것이 무엇인고', 즉 '나라는 것은 무엇인가?'라는 의문을 가지고 내 안에서 일어나는 현상, 몸과 마음을 관찰하는 수행이다. '이것이 무엇인고'가 '이 뭣 고' 또는 '이 뭐 꼬'로 통용되고 있다. '이뭣고'라는 화두는 가장 효과적이면서 신묘한 주문이었다. 그 안에 불교 수행의 핵심인 지관止觀이 모두 들어 있기 때문이다. 불교의 수행법인 '지止'와 '관觀'을 통틀어 말하는 것으로, '지'는 모든 망념을 그치게 하여 마음을 하나의 대상에 기울이는 것이며, '관'은 '지'로 얻은 집중력에 의해 사물을 올바르게 보는 밝은 지혜를 말한다. 즉, 지관은 깊은 집중과 고요의 상태인 선정禪定이며, 세상과 나를 살리는 지혜다. 마치 수레의 두 바퀴 같은 상호의존 관계에 있다. 재산·명예·성욕 등 인간적인 욕망에서 해방된, 살아 있는 자체에 만족감을 얻을 수 있는 상태에서 절대 행복을 이룰 수 있게 된다.

근래에 들어서 알아차림, 마음챙김, 지켜보기 등으로 소개되어 한국과 서양을 비롯한 전 세계에서 많이 수행되고 있는데, 쉽게 한마디로 말하자면 '멈추어(止) 바라보는(觀)' 것이다.

놀라운 것은 '이뭣고'를 붓다의 호흡법에 적용하면 들숨과 날숨 그리고 그 중간을 알아차리는 지켜보기가 된다. '들어오는 이 숨이 뭣고? 나가는 이 숨이 뭣고? 들숨과 날숨 사이의 이 상태는 뭣고?' 하면서 그 순간순간을 포착할 수 있다. 호흡에 더 집중할 수 있고 나라고 하는 자아를 보는 힘이 강해진다. 이 강해진 힘으로 '이뭣고' 화두를 계속 들면 더 깊은 걸 볼 수 있다. 호흡보다 더 보기 힘든, 좋고 싫은 감정들을 볼 수 있고 더 나아가서는 마음과 그 본바탕을 볼 수 있게 된다.

앞서 설명한 알아차림을 위한 '이뭣고'와 지금 설명하는 화두 참선을 위한 '이뭣고'는 다르다. 한국 불교의 대표적 선승인 인천 용화선원의 송담 스님은 숨을 들이마신 후 내쉴 때, '이뭣고' 하라고 가르치셨다. 자연스럽게 단전호흡을 하면서 '이뭣고'를 하는 것이다. 또한 한국 선맥의 큰 산이었던 성철 스님은 '마음도 아니요, 물건도 아니요, 부처도 아닌 이것이 무엇인고?' 하면서 '이뭣고' 화두를 들라고 하셨다.

바다 깊은 곳일수록 어둡고 차갑고 부력의 세기가 커서 내려가기가 어렵다. 마음의 깊은 부분을 들여다보는 것도 쉬운 일이 아니다. 화두에 대한 강력한 믿음이 있지 않고서는 보는 힘만으로는 어렵다. 화두는 비논리의 언어로 정해주는 것이다. 납득과 이해가 가지 않는 말이며 언어 이전의 말이다. 화두는 원래 그런 것이기 때문에 믿음을 갖고 계속해서 '이뭣고', '이뭣고' 하는 것이다.

'이뭣고'라는 '화두'이자 '지켜보기'를 일상생활 가운데 적용해 보면 좋겠다. 이 일 저 일 하는 중에 '이뭣고'라고 하면서 지켜봐도 좋고, 집중이 도저히 안 되면 하던 일을 내려놓고 가슴에 집중하면서 '이뭣고' 하며 집중력을 키울 수도 있다. 이 습관만 잘 들이면 어떤 상황과 환경 속에서도 정신을 차릴 수 있다. 그야말로 수행 정진의 만병통치약이다.

불교의 가장 큰 매력인 단순함과 그 심플한 명료함의 결정체 '이뭣고'. 기억해 주기 바란다. 불교가 그리 어렵지 않고 재미있고 유용하다는 것을 알게 될 것이다.

● ●

마음챙김

숨 한 번
차 한 잔
시 한 편

물 한 모금
몸 한 동작
맘 한 자락

한 생각

마음챙김

알아차림

침묵하면
보인다

설명이 많을수록 본질에서 멀어집니다.

내가 잘 모르기 때문에 사족이 많아지고

변명하는 것 같이 군더더기가 붙습니다.

불필요한 말을 줄이고

거두절미去頭截尾, 단도직입單刀直入하여

경험을 바탕으로 한 진실을 전해야 합니다.

침묵과 고요함 가운데 일어나는

참된 울림과 소리와 본질을 느끼며
소통할 수 있으면 좋겠습니다.

고요하면 깊어지고
깊어지면 진실하게 됩니다.
진실한 마음으로 아는 만큼의
진리를 전할 수 있어야 합니다.

• •

말 많은 세상이다. 사람들이 모인 곳이라면 어디든 어느 때든 말소리가 끊이지 않는다. 굳이 입을 열지 않아도, 손가락 터치만으로 자기 생각을 자유롭게 표현할 수 있는 세상이 되었다. 인터넷이 발달하고 스마트폰과 SNS가 생활 가운데 깊숙이 들어왔다. 말은 날개에 날개를 단 듯 다양한 주파수의 수많은 파장을 만들어 내고 있다. 말은 세상을 살아가는 데 없어서는 안 될 소통 수단이다. 우주가 시작될 때, 빅뱅이 있을 때부터 빛과 소리, 진동이 있었다. 인간은 언어를 썼고 문자와 기호, 시그널의 형태로 전해 왔다. 말은 없어서는 안 될 중요한 것이지만, 잘못 쓰면 오히려 독이 된다. 양날의 검이다.

예전에 나는 몇몇 사람들 앞에서 그 자리에 없는 다른 사람을 험

담한 적이 있다. 군대에 동반 입대한 사형 스님에 관한 이야기였다. 전역하고 혼자 절을 떠나 환속을 한 이야기를 하다 보니 있는 얘기 없는 얘기를 덧붙이게 되었다. 모임이 끝나고 혼자 남게 되자 왠지 모를 허무함과 불편함이 밀려왔다. 부정적으로 이야기한 사람이 한때 나와 가장 가까웠던 도반이었기에 더욱 그랬다. 후회와 반성의 마음이 밀려왔다. 왜 그런 부정적인 이야기를 했나 돌이켜 보았다. 아무 말도 안 하는 게 차라리 좋았을 거라는 생각이 들었다.

불교에서는 말로 짓는 죄가 크다 하여, 염불과 기도를 시작할 때 입으로 지은 업장을 깨끗하게 씻는 주문을 한다. '수리수리 마하수리 수수리 사바하'-'정구업진언淨口業眞言'이다. 세 번 반복하며 입으로 지은 죄를 참회한다.

묵언 수행은 말로 인한 병폐를 최소화하기 위한 적극적인 실천행이라고 볼 수 있다. 마태복음 15장 11절에 "입으로 들어가는 것이 사람을 더럽게 하는 것이 아니라 입에서 나오는 그것이 사람을 더럽게 하는 것이니라."라는 구절이 있다. 여러 종교에서는 침묵의 중요성을 강조한다.

말이 많아지면 득보다 실이 많다는 것을 점점 깨닫게 된다. 말이 많을수록 자신을 살피는 시간이 줄어들고, 상대방에 대한 부정적인 시각은 늘어난다. 이런 늪에 빠지지 않으려면 아예 말을 하지 말아야 할까? 공자님은 삼사일언三思一言이라고 하여 "세 번 생각한 후에 한 번 말하라."라고 하였다. 원효 대사는 "스스로 마음속에 감추어져 있는 미세한 움직임을 내면적으로 관찰해 보라. 수행자는 다만 자신의 득실得失을 살필 것이지 별안간 남의 덕이나 결함을 따지지 말아야 한다. 자기 허물은 수미산과 같은데 한 점 티끌과도 같이 아주 작은 남의 허물을 비난하는 것은 옳지 못한 것이다."라고 말씀하셨다.

성현들의 말씀처럼, 말을 하기 전에 자신의 행실은 먼저 살펴야 한다. 의식은 고요한 내 마음의 호수 가운데 머무르는 게 좋다. 배는 정박하기 위해 닻을 내려야 바람이 불어도 떠내려가지 않는다. 평소에 멈추고 쉴 때는 무게감을 갖고 두루 살펴야 한다. 그러다 보면 내면의 소리에 귀를 기울일 수 있게 된다. 이러한 침묵 속에서 나의 참다운 목소리를 들을 수 있다.

침묵은 자기를 바로 보는 것이다. 남들에게 잘 보이기 위해서 내는 소리가 아니라. 평소의 내 목소리를 내는 것이다. 내가 가진 고유한 소리가 무엇인지 뱉어보는 것도 좋다. 그렇게 하다 보면 꾸미지 않은 원음을 들을 수 있게 된다. 남들의 시선에 과도하게 신경 쓰다 보면 자신의 목소리도 모습도 잃게 된다. 고요히 나로부터 시작되는 고유한 것에 주목해 보자.

예쁘게 잘 꾸미면 좋은 이미지를 만들 수 있다. 하지만 오래갈 수는 없다. 시간이 지나면 어떻게든 사람의 진면목은 드러나게 된다. 완전한 민낯을 드러내기 어렵다면 최소한의 것만 해 보는 것도 괜찮다. 얼굴이든 패션이든 목소리든 최소한의 기초만으로 살아가도 충분하다. 과하지도 않고 부족하지도 않은 어떤 지점을 찾을 수 있을 것이다.

혼자 있는 시간에 나와의 깊은 사귐을 해 보자. 힘을 빼고 긴장을 잠시 내려놓는다. 누워서든 앉아서든 서서든 몸의 미세한 움직임과 반응을 바라보는 거다. 그 자체가 침묵과 다름없다. 내가 침묵할 때, 세상도 침묵한다. 내 마음이 평화로울 때 세상도 평화롭다. 내가 나를 알아야 세상을 알게 된다. 이게 잘 안 되기 때문에 세상에 나가서도 정신 못 차리고 방황하게 되는 것이다.

● ●

도움받지 않아도 돼요

누군가의 도움이 필요할 때
당장 도움을 받지 못한다고 하여
좌절하거나 낙망할 필요 없다.

도움받는 게 항상 좋은 건 아니고

오히려 다행인지도 모르는 일이며

내가 나에게 의지함으로

자립심과 문제 해결 능력을 기르는 기회가 된다.

즉, 도움을 받지 않고 스스로 함을 통해

얻는 게 더 많을 수 있다는 것이며

지금 당장 어렵고 힘들 수 있으나

전화위복과 흉화위길의 계기가 된다.

업보의 관점에서 보자면

도움을 받는 것은 결국 빚으로 남는다.

아무리 무조건적인 사랑을 추구하고

아낌없이 베푸는 삶을 지향한다 해도

손해를 보고 희생을 자처하는 군자는 드물다.

내가 그동안 세상을

어떻게 베풀며 살아왔는지 살펴보면

더 명확히 보일 것이다.

과연 얼마나 나누었기에 받을 자격이 있는지.

세상에 공짜가 없기 때문에 빚은
언젠가 어떤 형태로든 갚아야 한다.
그러므로 공짜 너무 좋아하지 말고
스스로 땀 흘려 일할 생각을 하자.

뿌린 만큼 거둔다는
옛 성현의 말씀을 되새길 일이다.

참선과 수행,
어렵지 않아요

명상은 단지 고요함에 머무르며

현재를 알아차리는 것만이 아닙니다.

내가 원하는 삶을 만들기 위한

일체의 것들이 명상입니다.

지금 이 순간에도 명상을 하고 있습니다.

주의를 기울이고 집중하고 있다면 명상입니다.

숨 한 번 들이쉬고 내쉬면 마음이 편안해집니다.

밥 먹고 걷고 멈추는 순간에도 알아차리면 됩니다.

나를 비우고 욕심을 내려놓는 것은 포기가 아닙니다.

집중할 수 있는 다른 무언가를 선택하는 것입니다.

깨어 있는 정신으로 초점을 맞추고 몰입할 수 있다면

삶에 주어진 모든 것이 명상과 수행이 됩니다.

●●

많은 사람이 참선을 어렵게 느낀다. 일정 기간 문을 걸어 잠그고 그 안에서 생활하며 참선하는 무문관無門關이 있다. 눕지 않고 늘 좌선한다는 장좌불와長坐不臥도 있다. 이런 수행을 떠올린다면 참선을 더욱 더 어렵게 느낄 수밖에 없다. 그러나 막상 참선해 보면 생각보다 그리 어렵지 않다는 것을 알 수 있다. 일단 그냥 호흡에 집중하면 되기 때문이다. 하루아침에 잘 되는 것은 아니지만 한두 번만 해 봐도 어떻게 하면 되는지 알 수 있다. 심지어 재미있기까지 하다.

물과 공기가 맛있다고 느껴 본 적이 있는가? 명상은 마치 물과 같고 공기와 같아서 특별한 맛과 향이 느껴지지 않는다. 하지만 그것 없이 우리는 살아갈 수 없다. 오염된 물을 마시고 탁한 공기를 들이켜다가 맑은 물과 공기를 마실 때 그 가치를 알 수 있다. 명상도 그렇다. 몸의 건강이 나쁘거나 피로할 때, 마음이 괴롭고 힘들 때 명상을 하면 그 효능을 단번에 알 수 있다.

나는 대학 1학년 때 처음 참선을 경험했다. 이리저리 몸을 비틀고 꼬고 이완하면서 스트레칭을 하고, 손바닥에 열이 나도록 비비면서 온몸의 기혈 순환을 원활하게 하였다. 그 후 두툼한 방석 위에 앉아 척추를 곧게 세웠다. 왼 손바닥 위에 오른 손바닥을 포개고 두 엄지손가락 끝을 붙이니 동그란 형태가 되었다. 그것을 아랫배 단전에 두고, 코로 숨을 쉬며, 혀를 입천장에 붙여 서로 떨어져 있는 것을 이었다. 스님은 그 상태에서 아랫배에 숨이 들어오고 나가는 것을 지켜보라고 하셨다. 아랫배의 호흡을 지켜보니 느낌이 좀 달라지는 걸 알 수 있었다. 들이마시고 내쉬는 숨도 길어지고 한결 마음이 평온해지면서 여유도 생겼다.

나중에 알게 된 것이지만, 이 수련법은 참선에 들어가기 전에 하는 준비 단계였다. 참선은 보다 깊은 차원의 수행이다. 비논리를 통해 깨달음의 세계로 가는 법이다. 마음 안의 부처(불성)와의 접속을 통해 생명력을 체휼하는 경지다. 해탈과 열반의 세계에서 자유를 증득할 수 있는 최상승 수행법이다. 깨달은 스승이 화두를 던져 주면 제자는 그 화두를 자나 깨나 걷거나 머무르거나 앉으나 서나 계속 집중하는데, 이를 일컬어 '화두를 든다'라고 말한다.

참선 수행은 머리로 하는 것이 아니고 몸소 실천하는 것이다. 깊은 의식으로 일관해야 한다. 머리로 생각하면 장애가 따르는데, 불가에서는 이것을 '참선병' 또는 '상기병'이라고 한다. 상기병이란 기氣가

위로 뜨는 장애다. 일본의 많은 선승이 상기병으로 수행 중에 돌아가 셨다고 한다. 국내에서도 마찬가지라 참선 수행을 하는 수행자들은 이 부분을 가장 경계한다. 이때 꼭 필요한 것이 호흡 수련이다. 아랫배 단전에 초점을 두고 복식호흡을 하면 기운이 아래로 차분히 내려온 다. 한의학에서 이야기하는 수승화강水昇火降, 즉 차가운 기운은 올라가 고 뜨거운 기운은 내려가, 수행하는 데 아주 적합한 몸과 마음의 상태 가 된다.

참선법과 호흡법을 익히고 대학으로 돌아오니 공부하면서 겪었 던 많은 문제가 절로 해결되었다. 학업 스트레스와 진로에 대한 고민 으로 힘들어하고 방황하는 학생들이 눈에 들어왔다. '이들도 수련법 을 익히면 많은 문제가 해결될 텐데' 하는 마음이 절로 생겼다. 그들을 돕고 싶었다. 나도 수행을 알기 전까지 번뇌가 많아 이 생각 저 생각 잡념과 망상에 사로잡혀 있었고 마음이 늘 불편했다. 학생들에게 참 선과 호흡법을 알려 줘야겠다는 서원을 세우고 그 즉시 명상 동아리 를 만들었다. 인연이 닿는 대로 그때그때 학생들을 만나면서 참선과 호흡을 통해 실생활을 다스리는 방법을 가르쳐 주었다.

내가 체험한 참선은 마음에서 일어나는 생명적 에너지에 대한 인식과 스스로의 존재감이었다. 태중의 아이는 엄마의 배 속에서 탯 줄로 연결되어 있어 산소와 영양분을 공급받으며 살아갈 수 있다. 이처럼 우리들의 마음 세계도 근원적 존재와 에너지의 탯줄로 연결되어 있다.

　근원과 나 사이에 꼬이고 비틀린 에너지의 통로를 파이프라고 생각해 보자. '텅 빈 충만'이라고 하는 공空을 깨닫는 것은 파이프의 입구인 동그라미를 마주하는 것에 비견할 수 있다. 그래서 공의 세계를 동그라미로 곧잘 표현한다. 참된 텅 빔 속에 있는 묘한 무언가(진공묘유眞空妙有)를 발견하는 것이다. 이것은 곧 우주적 사랑이며 자비심이다. 이 파이프라인을 통해서 공급되어 들어오는 사랑, 자비와 같은 고차원적인 에너지를 맛보고 나라는 존재에 대해 각성을 하는 것이다. 물론 나의 경험과 표현은 깨달음의 여러 측면에서 하나의 단면일 뿐이다.

　불교 대승경전의 정수인 『반야심경』에는 '조견 오온개공照見 五蘊皆空'이라는 법구가 나온다. 색色이라는 물질 작용과 수상행식受想行識이라는 마음 작용을 비추어 보니 모두 공하다는 뜻이다. 조견照見은 '비추어 본다'라는 의미로, 여기에서 비추어 주는 빛이 바로 근원(본성, 부처와 법의 성품)에서 나오는 자비광명의 빛이다. 참선에 들어가기 전에 이러한 진리와 깨달음에 대한 이론 체계가 확실하게 정립되어 있어야 한다. 그렇지 않으면 참선 수행을 한다고 오랜 시간 좌선을 하더라도 깨달음과 수행에 발전을 기대하기 어렵다.

교학敎學을 통해 마음 세계에 대해 분명히 알 필요가 있다. 하지만 교학에만 너무 치중해서도 안 된다. 선禪의 세계에서는 보이는 형태나 문장으로 설명하는 것이 또 하나의 알음알이를 만들어서 수행을 방해할 수도 있기 때문이다. 알음알이를 끊어야만 깨침을 얻을 수 있다. 선가에서는 교외별전敎外別傳과 불립문자不立文字라고 하여 깨달음은 문자에 있지 않고 마음과 마음 사이에서 전해진다고 강조한다.

깨달음은 이심전심以心傳心으로 전해진다는 것이다. 그 대표적인 예는 '부처님께서 꽃을 들어 보이자 가섭존자가 미소를 지었다'라고 하는 염화미소拈華微笑일 것이다. 부처님께서 법상에 올라가 꽃을 들어 보였는데, 아무도 그 뜻을 아는 사람이 없었다. 많은 제자 가운데 오로지 가섭존자만이 그 뜻을 읽고 파안미소를 했다. 이에 부처님께서는 미소를 지으시며, "나에게 정법안장正法眼藏, 열반묘심涅槃妙心, 실상무상實相無相, 미묘법문微妙法門이 있으니 이를 마하가섭에게 부촉하노라."라고 하셨다. 이에 가섭존자는 부처님의 법통을 계승하게 되었고, 이로부터 선의 가르침이 직계 제자를 통해서 전해지게 되었다.

따라서 교학敎學이 바탕이 되어야 깊은 참선에 들어갈 수 있고, 선학禪學을 닦아야 경전의 가르침이 생명력을 얻는다는 결론에 이른다. 중국이나 우리나라의 불교계에서는 전통적으로 교와 선을 차원이 다른 것으로 보고 대립해 왔는데, 고려 중기 보조국사가 그것을 회통하여 선교일치의 원칙을 정립하였다. 이것이 바로 선교일치론禪敎一致論이다.

따라서, 참선에 대한 가르침이 필요하지만 실질적으로 수행을 통해 닦지 않으면 아무것도 이룰 수 없다. 실천하지 않고 머리로 생각하고 답을 내리면 참선의 세계에 닿을 수 없다. 오히려 머리는 끄고 가슴이나 배에 의식을 집중해야 한다. 한약을 달이듯이, 정화수를 떠 놓고 정성스럽게 기도하며 마음을 닦듯이 해야 한다.

〈 소리 명상 〉

집중력을 기르는 시간

나의 능력치를 활용하기 위해서는 집중력이 좋아야 합니다.
집중은 명상의 기본 원리이자 바탕입니다.

첫째 장에서는 호흡에 집중하는 법을 배웠고
둘째 장에서는 에너지에 집중하는 법을 배웠습니다.
이번 장에서는 소리에 집중한 명상을 해 보겠습니다.

소리에는 호흡과 에너지가 모두 포함되어 있어서 매우 효과적입니다. 소리 명상을 '진언眞言' 또는 '만트라Mantra'라고도 합니다. 소리를 통해 내면으로 집중해 들어가면 깊은 무의식에 닿게 되고, 존재의 바탕을 마주하게 될 것입니다.

먼저, '준비운동'을 하겠습니다.

편하게 할 수 있는 스트레칭으로 간단하게 몸을 풀어 줍니다.

1 바닥이나 의자에 편안한 자세로 앉습니다.

2 아침에 일어났을 때 걸리고 찌뿌둥한 몸을 부드럽게 풀어 주듯이 기지 개를 활짝 켭니다.

3 얼굴을 좌우로 기울인 후 목을 좌우로 돌립니다.

4 어깨를 으쓱하고 올리면서 코로 숨을 들이마시고 털썩하고 내리면서 입으로 숨을 내쉽니다.

5 손목을 안쪽으로 돌리고 바깥쪽으로도 돌립니다. 손가락을 쥐었다 폈 다 한 후에 공중에 먼지 털어 내듯 풀어 줍니다. 몸과 마음을 이완하고 명상에 들어갈 준비를 합니다.

이제 '소리 명상 1단계'를 시작하겠습니다.

1   콧구멍을 크게 열고 많은 양의 숨을 들이마신 후 입으로 숨을 '후~' 하며 내뱉습니다. 5회 정도 반복합니다.

2   두 손을 배꼽 아래 복부 근처에 두거나 무릎 위에 편안하게 내려놓습니다.

3   척추를 곧게 세우고 턱을 목 방향으로 당기며 머리가 하늘과 수직이 되도록 자세를 취합니다.

4   복부를 앞으로 밀어 척추가 편안해지게 합니다. 코로 숨을 들이마실 때 아래 복부가 팽창하도록 의식하고 코로 숨을 내쉴 때 복부가 안쪽으로 수축하도록 의식합니다.

5   호흡을 하면서 배꼽에서 5~10cm 아래 단전(코어)이라는 에너지 센터에 의식을 집중합니다. 처음에는 느껴지지 않지만 있다고 의식하고 알아차리면 느껴집니다. 단전이 살아 있는 생명체라고 인정해 주며 '호흡 명상'을 꾸준하게 합니다.

이제 '소리 명상 2단계'를 시작하겠습니다.

1. 단전에 의식을 집중한 상태에서 숨을 코로 들이마시고 입으로 내쉬면서 소리가 단전에서 나오게 합니다. 음높이는 일정하게 유지합니다.

2. 숨을 들이마신 후 내쉬면서 '아~' 소리를 냅니다. 숨 길이의 최대치까지 길게 해 줍니다.

3. 숨을 들이마신 후 내쉬면서 '우~' 소리를 냅니다. 숨 길이의 최대치까지 길게 해 줍니다.

4. 숨을 들이마신 후 내쉬면서 '음~' 소리를 냅니다. 숨 길이의 최대치까지 길게 해 줍니다.

5. 숨을 들이마신 후 내쉬면서 '옴~' 소리를 냅니다. 숨 길이의 최대치까지 길게 해 줍니다.

다음으로 '소리 명상 3단계'를 시작하겠습니다.

1. 자리에서 일어납니다. 힘을 최대한 빼고 이완된 상태에서 소리를 냅니다. '소리 명상 2단계'를 반복합니다.

② 단전에 의식을 집중한 상태에서 소리를 내면서 팔 동작을 자유롭게 합니다. 마음을 편안하게 하고 소리와 조화를 이루는 동작을 자연스럽게 표현합니다(움직이는 것이 자연스럽지 못하면 움직이지 않고 소리에만 집중해도 됩니다).

③ '아~' '우~' '음~' '옴~'을 순차적으로 소리 내며 자연스러운 에너지의 흐름을 탑니다.

'소리 명상'은 '호흡 명상'과 '에너지 명상'이 잘 훈련되어 있으면 더 잘 됩니다. 또한, '소리 명상'을 통해 '호흡 명상'과 '에너지 명상'의 감각을 터득할 수도 있습니다. 어떤 사람은 '소리 명상'이 더 효과적인 경우도 있습니다. 그러나 일반적으로는 '호흡 명상'과 '에너지 명상'을 단계적으로 연습한 후에 '소리 명상'을 해야 더 깊이 느끼고 효과를 볼 수 있습니다.

4장

당연한 것에
감사하는 시간

"상대방이 말하지 않는 소리까지 들어 보세요."

듣기 싫은 소리를 하면 귀에 거슬리고 듣기 좋은 말을 하면 귀가 솔깃합니다.
마음이 불편한 자리는 애써 피하면서 마음이 편한 자리는 쉽게 갑니다.

불편하고 싫은 사람과 함께하기는 어려울 거예요.
편하고 좋은 사람과 함께하면 점차 마음에 여유가 생깁니다.

진정한 소통이란 나를 힘들게 하는 인연이라 하더라도
감사와 진심으로 대할 수 있는 마음 아닐까요?

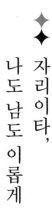

자리이타,
나도 남도 이롭게

진짜 좋은 건 나와 너
모두가 좋을 때인 것 같아요.
잘되면 비방하고 못되면 무시하기보다는
잘되면 축하해 주고 못되면 위로해 주면 좋겠어요.

음과 양은 본래 태극에서 나왔다고 해요.
내가 음이면 상대는 양이고
내가 양이면 상대는 음이 됩니다.

음은 음으로서 잘 살아가고

양은 양으로서 잘 살아가야

둘이 만났을 때 하나의 태극이 됩니다.

음이 부족하면 양이 채워 주고

양이 넘쳐나면 음이 비워 준다면

평화롭고 조화로운 세상이 될 것입니다.

• •

2015년 2월, 카이스트 학위수여식에 참석했다. 2005년에 입학하여 1년 만에 출가했고 그 후로 수행과 학업을 병행하다 보니 10년 만에 졸업했다. 여전히 기억에 남는 수업이 하나 있다.

벤처 기업계의 대부로 일컬어지는 이민화 교수님의 '벤처와 기업가 정신'이라는 수업이었는데, 발표 후 질의응답 형식으로 진행되었다. 교수님은 경제학자 조지프 슘페터의 '기업가 정신Entrepreneurship'을 자주 인용했는데, 그 인용구의 요지는 다음과 같다.

"제품을 구매하거나 서비스를 이용하는 고객들로부터 기업이 거두어들인 이윤이 혁신을 통한 사회적 가치의 창출로 선순환될 때 비로소 기업의 경영 활동이 지속 가능하게 된다."

기업가가 회사를 경영할 때는 이기심과 이타심 사이에서 아슬아슬한 외줄 타기를 하게 된다. 수익을 위해 이기적으로 가격을 비싸게 잡거나 AS를 엉망으로 하면 고객은 등을 돌린다. 역으로 최고 품질의 제품과 서비스를 제공하였음에도 이타적으로 가격을 너무 낮게 잡으면 회사는 경영난에 허덕이다가 문을 닫게 될 것이다.

　　이기심과 이타심 사이에서 어떻게 하면 모두를 만족시키는 경영을 할 수 있을까? 경제학자 애덤 스미스는, 빵집 주인의 이기심에 의해서 우리가 빵을 먹게 되듯 오늘날의 경제 시스템은 이기심을 바탕으로 한 자본주의 시장 논리로 돌아간다고 설명했다. 그런데 이 이론이 항상 옳을까? 장기적으로 보면 이기심에 치중된 수익 활동은 위험하다. 기업이 이익을 위해서 가격을 올리고 품질을 저하하면, 그로 인한 피해는 고스란히 소비자에게 전가되고 소비자가 떠난 제품과 서비스는 생존할 수 없기 때문이다.

　　교수님의 결론은 다음과 같았다. "지속 가능한 혁신을 이루기 위해서는 기업과 기업이 서로 소통하면서 이기심이 승화되어야 한다." 지극히 합당한 내용이었다. 나는 이 내용과 관련한 발표를 하게 됐다. 이기심과 이타심을 모두 만족시키는 경제학적인 개념에 불교의 가르침을 끌어온 것이다.

　　'가치 창출'이라는 '이기심'과 '가치 분배'라는 '이타심'의 선순환 경영 마인드는 바로 수행자의 마음가짐인 '자리이타自利利他'로 설명할 수 있다.

　예를 들자면, 근래에는 아침에 유튜브를 통해 라이브로 명상을 하고 있다. 사실 아침 명상의 필요성을 느끼고 나 혼자 하려고 했다. 그런데 혼자 하면 의지가 약해질 수 있다. 어떤 날은 피곤하고 해야 할 일이 많아서 핑계를 대고 빠질 수도 있다. 아침에 명상하는 습관을 들이기 위해 유튜브를 활용한 것이다. 같은 시간에 접속한 사람들이 있으면 항상 그 시간을 지켜야 하기 때문이다. 역시 예상대로 새로운 습관을 들이는 건 쉽지 않았다. 어떤 날은 쉬고 싶었다. 하지만 그 시간을 기다리는 시청자가 있으므로 쉴 수 없었다. 유튜브 라이브를 한 건 내 삶의 질을 향상하기 위한, 나를 위한 일이었는데 그로 인해 명상하고 싶어 하는 다른 사람들에게 도움을 줄 수 있었다.

　반대로, 명상 콘텐츠를 필요로 하는 사람들은 영상을 찾다가 내 콘텐츠를 알게 되었을 것이다. 역시 그분들도 자신의 삶을 바꾸기 위해 명상을 습관화하려고 했고 아침 시간에 라이브로 참여하게 되었다. 여러 사람의 참여는 채널 운영자인 나를 독려해 주었고 나는 아침 명상을 꾸준히 진행할 수 있었다. 나와 시청자 각각의 이기심이 라이브 영상이라는 가치를 창출했다. 그것은 결국 상대방을 의식하고 배려하는 이타심으로 승화되고 가치를 분배하는 효과를 낳았다.

　자리이타란 수행자라면 항시 지녀야 하는 기본적이면서도 중요한 마음가짐이다. 『화엄경』에 나오는 자리이타는 '나를 이롭게 하는 일이 남에게도 이로운 일이 되게 한다'라는 의미다. 혁신 경영의 기업가 정신이 불교의 자리이타라는 가르침과 통하고 있었다. 또한, 고대로부터 전해오는 태극 사상도 일맥상통함을 알 수 있다. 태극기에 양(+)을 의미하는 붉은 색의 형상과 음(-)을 의미하는 파란색의 형상이 서로 대치하는 듯 보이지만, 상생相生하고 있다.

처음 명상을 배웠을 때 마음의 공허함을 극복할 수 있었다. 삶의 의욕이 없고 무의미하게 느꼈던 것들도 점차 사라졌다. 계속 수행을 하고 명상을 하면 삶의 진정한 의미를 깨닫고 내 길을 나 스스로 잘 갈 수 있을 것으로 생각했다. 그래서 출가를 하고 수행자의 삶을 살아온 것이다. 그건 다른 누구를 위한 길이라기보다 나를 살리기 위한 길이었다. 나를 살리고 내 길을 묵묵히 가다 보니 예전에 나와 같은 처지에 있는 사람들이 보이기 시작했다. 대학에 다시 돌아왔을 때, 후배들에게서 예전 내 모습이 보였다. 그렇게 후배들에게 명상을 가르쳐주다 보니 선배들에게도 가르쳐주고 인근 연구소의 박사님들에게도 명상 프로그램을 제공해 줄 수 있었다.

부처님은 제자들에게 자각각타自覺覺他하라고 하셨다. 스스로 진리를 깨닫고 다른 사람들도 깨닫게 해 주는 것이다. 또한, 같은 의미로서 상구보리 하화중생上求菩提 下化衆生하라고 하셨다. 위로 보리(깨달음)를 구하고 아래로 중생을 교화하라는 의미다. 깨달음을 위해 수행 정진하는 보살의 목표인 자리自利와 이타利他를 포함하고 있는 가르침이다. 부처님은 삶 전체를 통틀어 그렇게 살았고, 그렇기 때문에 할 수 있는 가르침이다.

달라이 라마는 자리이타에 대해 이렇게 설명한다.

"자리이타는 자기를 희생하면서 다른 사람을 돕는 것이 아니다. 보살이나 지혜로운 사람들은 궁극적 깨달음을 성취하는 목표에 전적으로 집중한다. 그 목표를 이타적인 마음인 자비심을 키워 이룩한다. 자신의 목표를 성취하는 최상의 길이 이타적인 사람이 되는 것이고, 그 행동이 자기에게 가장 큰 축복으로 돌아온다."

불가에서는 이러한 자리이타의 가르침을 회향廻向이라는 덕목으로 설명한다. 자기가 닦은 선근공덕善根功德을 다른 사람의 불과佛果, 즉 수행의 결과로 돌려 모든 중생에게 널리 이익이 되게 하는 것이다. 아울러 자리이타의 정신은 도산 안창호 선생의 애기애타愛己愛他, 기독교의 이웃 사랑, 한민족 건국이념인 홍익인간 등과 그 의미를 같이한다.

기업은 가치 창출과 가치 분배를 통한 선순환을 통해 지속적인 성장을 이루고, 학교는 바람직한 기업가 정신을 가진 리더들을 양성하며, 사회에서는 자기계발과 나눔을 실천한다. 자리이타적인 사람들이 우후죽순 나타나는 아름다운 세상을 꿈꾸어 본다.

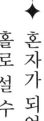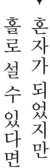

혼자가 되었지만
홀로 설 수 있다면

허준의 동의보감에 이런 말이 나옵니다.

통즉불통 불통즉통 通卽不痛 不通卽痛

기운이 통하면 아프지 않고

통하지 않으면 아프다는 의미입니다.

내 몸의 건강이 소통 疏通 과 불통 不通 에 영향을 받듯이

관계에서도 소통이 안 되면 고통이 옵니다.

몸이 아프면 기혈의 순환을 점검하면 되고

관계가 힘들면 소통의 여부를 체크하면 됩니다.

그래서, 고통이라는 시그널은 단지

나를 힘들게 하는 나쁜 것이 아닙니다.

그걸 느낄 수 있고 알아차릴 수 있다면

문제점을 찾을 수 있는 좋은 신호가 될 것입니다.

● ●

2020년, 코로나바이러스로 팬데믹(pandemic, 세계적으로 전염병이 대유행하는 상태)이 발생했다. 전 세계 인류의 재앙은 참으로 안타까운 일이고, 이 문제의 해결을 위해 각자 어떤 노력을 해야 하는지 생각하게 되는 시간이다.

이로 인해 사회 시스템적으로 온택트Ontact가 자리를 잡게 되었다. 온택트는 비대면을 일컫는 '언택트Untact'와 온라인을 통한 외부와의 '연결On'을 합한 개념이다. 코로나19로 인한 사회적 거리두기는 온라인을 통한 비대면 소통을 촉진했으며 우리의 일상은 많이 달라졌다.

역사적으로 지금까지 여러 차례 팬데믹이 있었다. 그때마다 기존의 제도와 시스템이 정돈되거나 새롭게 만들어졌으며 인류는 거기에 적응해야 했다. '비대면非對面'이라는 화두는 이젠 우리에게 전혀 낯설지 않다.

사회의 시스템이 바뀜에 따라 부작용이 발생하고 있다. 대표적인 현상이 코로나 블루다. '코로나19'와 '우울감^{blue}'이 합쳐진 신조어다. 대면에 익숙해 있는 사람들이 비대면을 겪으면서 생기는 낯섦도 한몫하는 것 같다. 경제적인 상황은 코로나 블루를 더 악화시키고 있다. 소수의 부자들은 더 많은 부를 취득하고, 다수의 가난한 사람들은 더 살기 어려워졌다. 부익부 빈익빈이 가속화되고 있다.

혼자가 되어 버린 시대, 홀로서려면 어떻게 해야 할까? 지금 우리는 어쩔 수 없이 사람들과 거리를 두고 살아야 한다. 그래서 더 우울하고 무기력을 느끼기 쉽다. 마음을 조금 긍정적으로 가진다면 보다 괜찮아지지 않을까. 이 고립을 타의가 아닌 자의로 선택했다고 여기는 것이다. 사람들이 없는 곳으로 가서 자기만의 시간을 갖는 걸 '자발적 고립'이라고 일컫는다. 코로나라는 상황이 나를 이렇게 만든 건 사실이지만, 이 상황을 스스로 설 기회로 삼아보면 어떨까?

참선 수행을 하는 선승은 산속 깊이 자리한 선방에 들어가 세상과 거리를 두고 오로지 수행에 전념한다. 얼핏 보면, 산으로 도피해서 은둔하면서 살아가는 소극적인 모습 같다. 그러나 실제는 답을 찾기 위한 가장 적극적인 방법이다. 가만히 앉아 있는 것 같지만, 오로지 자신의 화두에 전일하게 집중한다. 함께 수행하는 스님들도 있지만, 최대한 간섭을 하지 않고 각자 수행에 정진할 수 있도록 배려한다.

코로나로 인해 사람들과 적당한 거리를 두고 마스크를 쓰는 것은 자신을 보호하고 남들에게 피해를 주지 않기 위한 좋은 대안이다. 내가 지킨 것이 나를 지켜주는 법이다. 나아가 나와 남을 모두 지켜준다. 마찬가지로 철저히 혼자이기를 선택한 수행자는 자신을 홀로 있게 함으로써 자신을 보호한다. 산만해질 수 있는 외부 환경으로부터 자발적으로 격리를 하는 방법을 쓴다.

휴가철 여행을 떠나는 사람들은 평소에 가지 못한 낯선 곳에 가서 자기만의 시간을 보낸다. 인적이 드문 오지로 여행을 가게 되면 더 확실해진다. 철저히 자신이 혼자가 됨으로써 새로운 세상을 경험하게 되는 것이다. 단절은 더 이상 단절이 아니고 혼자이기보다는 홀로가 되어 간다. 자신이 삶의 주체가 되고 결정권을 스스로 갖는 것이다. 그건 순전히 자신의 '마음먹기'에 달려있다. 어떤 마음 자세로 삶을 바라보느냐에 따라 '고립되어 서서히 죽어가는 모습'이 될 수도 있고, '홀로 서서 삶의 주인'이 될 수도 있다.

홀로 있는 시간을 효과적으로 보내는 방법을 생각해 보면 좋겠다. 집에서 운동하는 사람을 홈트족이라고 한다. 방구석에 있으면서 TV만 보고 스마트폰만 하다 보면 근육이 뭉치고 건강이 나빠진다. 홈트(홈 트레이닝)를 하면 건강도 좋아지고 긍정적인 마음을 가질 수 있다. 몸의 근육량도 많아지고 지방이 줄어든다. 자신의 몸이 더 아름다워지는 걸 보면서 만족하게 될 것이다. 근육 운동을 했다면, 요가나 스트레칭을 통해 이완시켜주는 것도 필요하다. 더 나아가, 마음챙김이나 호흡법 등의 명상을 해 보는 것도 추천한다. 운동과 요가를 통해 편안해진 몸과 마음은 명상에 좋은 상태다. 명상하면서 자신을 스스로 성찰하다 보면 생각도 정리되고 우울감도 많이 극복될 것이다.

만약 스마트 기기와 인터넷 활용에 미숙했다면 이번 기회에 친해지는 것도 좋겠다. 사람들을 만나지 못해서 생기는 소통의 부재는 우리에게 새로운 고통을 만들었다. 한동안 이 상황은 지속될 것이고 우리는 계속 괴로울 수밖에 없다. 대면이 안 된다고 힘들어만 하지 말고, 비대면을 통한 소통을 시도해 보는 건 어떨까?

온라인 수행 모임을 만들어서 서로 소통하며 점검해 주고 피드백을 받는 방법이다. 나는 일주일에 한 번 유튜브와 줌ZOOM을 동시에 켜놓고 아침 명상 라이브에 참여하는 분들과 대화하는 시간을 갖는다. 처음에는 어떻게 하는지 모르고 입장도 못 하는 경우가 부지기수였다. 몇 번 진행하다 보니 사용하는 방법도 알게 되고 참여도 늘고 있다. 예전에 봉은사에서 오프라인으로 명상 프로그램을 운영한 적이 있다. 그때에는 수업을 하고 나면 마치기 바빴고 질의응답을 받을 시간이 부족했다. 온라인을 통해 소통의 창구를 만드니 제한 없이 편하게 대화를 할 수 있게 되었다.

또 이 기간에 108일 회복력 챌린지를 시도해봤다. 회복탄력성을 기르기 위한 활동을 사진이나 영상으로 매일 일기 쓰듯이 온라인에 올려 동참하는 다른 분들과 공유했다. 댓글로 서로 격려와 응원을 보내줬다. 어쩔 수 없이 비대면으로 했지만, 비대면이기 때문에 시공간의 한계를 넘어 소통하는 계기가 되었다.

2021년 1월 1일에는 줌으로 화상 회의를 해 보았다. 최근에 『치킨집』이라는 공익 잡지 3호가 나왔는데, 작년에 2호를 만들 때부터 필진으로 참가한 인연에 따름이다. 10명 내외의 사람들이 화상 대화방에 참여해 잡지를 만들면서 느낀 점과 2021년의 계획 등을 주제로 이야기를 나누었다. 대부분 대면해서 만난 적이 없는 분들이지만, 하나의 주제로 이야기를 하다 보니 금방 친해지고 통할 수 있었다.

언제 끝날지 모르는 긴 터널을 지나고 있는 것 같다. 매일 아침 확진자 수를 체크하고 마스크를 쓰고 다니는 삶이 일상이 되었다. 사람들과 만나는 횟수도 시간이 많이 줄었다. 예전의 일상이 그립기도 하고 평범한 일상이 더 소중하게 느껴진다. '언제 예전으로 돌아갈 수 있을까?' 하는 생각이 들 때도 있지만, 예전은 돌아오지 않을 것 같다. 이미 바뀐 세상에 적응해서 거기에 적합한 인간이 되는 게 더 지혜로운 생각일 것이다.

혼자 지내는 시간 동안 혼자가 돼버리지 말고 홀로 설 수 있어야 한다.

•　•

한때 삶의 무게감에 지치고

더 이상 한걸음 내딛기도 힘들 때가 있었습니다.

이렇게 생각했어요.

아주 조금만이라도 가벼워지고 나아갈 수 있으면 좋겠다.

그리고 기도했어요.

지금 이 고통에서 벗어날 수 있기를······

조금만 더 나아지기를······

점차 나아졌고 마음은 편안해졌어요.

하지만 고통스러운 건 마찬가지였죠.

의문이 들었어요.

상황은 더 괜찮아졌는데

왜 고통스러운 건 여전할까?

그때 당시에는 조금만 나아져도 괜찮다고 생각했는데

괜찮아지니 더 큰 것을 얻고자 욕심이 생겼기 때문이었어요.

요즘도 힘들 때면 이렇게 생각하게 됩니다.

'그래도 그때보단 낫잖아.'
'지금에 만족하고 감사하자.'

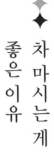

차
마
시
는
게
좋
은
이
유

삶이 전쟁 같다고

느껴질 때가 있나요.

직장에서는 성과 때문에

일에도 치이고 말에 상처받고요.

학교에서는 순위 경쟁 때문에

치열하고 혹독하게 공부해야 합니다.

지친 내가 머물며 편히 쉴 수 있는

그런 사람과 장소가 필요합니다.

엄마의 품속 같은 편안함과 안정감을

줄 수 있는 그 어딘가를 찾아봐요.

그리 멀지 않은 곳에

그런 안식처가 있을 겁니다.

● ●

불교에서 흔히 쓰는 말 중에 끽다거喫茶去라는 말이 있다. '차나 한 잔 마시고 가게'라는 의미다. 선방에서 사용하는 화두 중에 하나다. 특히 중국의 조주 선사가 자주 썼다고 한다. 『조주선사어록』에는 이런 기록이 실려 있다.

조주 선사는 새로 온 스님에게 물었다.

"여기에 온 적이 있는가?"

"온 적이 있습니다."

"차나 한잔 마시고 가게"라고 했다.

또 다른 스님에게 물었다.

"여기에 온 적이 있는가?"

"온 적이 없습니다"

또다시 "차나 한잔 마시고 가게"라고 했다.

이것을 지켜본 원주 스님이 물었다.

"온 적이 있는 사람이나, 온 적이 없는 사람에게,
모두 '차 한 잔을 마시라'는 뜻은 무엇입니까?"

그러자 선사께서는

"원주, 자네도 차 한 잔 들고 가게"라고 했다.

다반사茶飯事 라는 말이 있다. 다반茶飯이란 '차 마시고 밥 먹고 하는 것'을 뜻한다. 일상에서 많이 사용하는 이 말도 원래 선가禪家에서 나온 말이다. 수행하는 데 특별한 어떤 방법이 있는 것이 아니라, 차 마시고 밥 먹고 잠자는 일상생활이 그대로 선이라는 뜻에서 비롯된 말이다.

이렇게 차는 참선을 중요시하는 분위기에서 자주 언급된다. 오래전부터 차와 수행은 뗄 수 없는 관계였다. 심지어 다선일미茶禪一味라는 말까지 나올 정도니까 말이다. 차茶와 선禪은 한 가지 맛이라는 뜻이다. 차를 마시면서 깊은 참선에 들어가 있는 경지를 표현한 것이다. 깨어 있는 정신에서 차와 관련된 일체 행위에 집중하며 통찰하는 상태다. 차로 인해 변하는 몸의 상태와 감정, 마음의 상태를 예민하고 세세하게 느낄 수 있게 된다. 따뜻한 차는 몸을 이완하고 의식을 각성시킨다. 차의 질이 좋으면 더 효과적이다. 차를 준비하고 내릴 때의 마음가짐에 따라 차 맛이 달라진다. 그래서 차를 우리고 마시는 행위를 다도茶道라고 부른다. 그 자체가 수행이며 수행이 잘 된 사람은 차를 대하는 태도부터가 다르기 때문이다.

절에 처음 들어갔을 땐 뭐가 뭔지 잘 몰랐다. 그냥 스님들이 내려주는 차를 마시는 정도였다. 그렇게 주시는 차를 계속 마시다 보니 차가 좀 친숙해지긴 했다. 그래도 잘 모르고 관심이 별로 없었다. 그나마 조금 알게 된 것도 최근의 일이다. 최근 1~2년 다도 모임을 하기 시작했는데 그 이후로 차를 더욱 좋아하게 됐다. 좋은 차를 괜찮은 공간에서 편안한 사람들과 마실 수 있기 때문이다.

인사동에 일광정사라는 찻집이 있다. 그곳에서 한 달에 두 번씩 차 모임을 했는데, 지금은 코로나 여파로 잠정 중단됐다. 근래에도 이따금 그곳을 찾는다. 카페나 찻집은 아니고 차를 시음해볼 수 있는 곳이다. 주인장께서 내려주시는 차 맛이 일품이다. 차의 품질과 내리는 기술도 훌륭하지만, 내려주는 팽주(찻자리에서 차를 끓여 손님에게 내어놓는 사람)의 마음의 영향도 크게 한몫하는 것 같다. 그래서 그 공간과 사람이 나에겐 케렌시아 Querencia 다.

케렌시아는 편안함을 주는 안식처이자 회복을 위한 휴식처다. 원래 투우장의 소가 싸움을 앞두고 홀로 잠시 숨을 고르며 쉬는 자기만의 공간을 의미한다. 요즘은 힘든 일상을 보내는 사람들과 업무에 지친 직장인들이 재충전하는 곳이라는 의미로 넓게 쓰인다. 절이나 기숙사가 그냥 집이라면, 일광정사와 같은 곳은 케렌시아로서 역할을 해 준다.

집은 평소에 많은 시간을 보내는, 없어서는 안 될 곳이다. 가족이나 함께 사는 사람들도 인생에서 매우 중요한 존재들이다. 그러나 그것만으로도 충분하지 않다. 머물다 보면 심신이 치유되는 아지트가 필요하고, 가끔 만나지만 그 시간 동안 깊은 것들을 나누면서 속을 털어놓을 수 있는 사람이 있어야 한다.

모임은 차 자체에 관한 관심으로 시작했다. 자꾸 가다 보니 그 공간이 주는 힘에 끌리게 되었고, 나중엔 함께하는 사람이 좋아졌다. 나에겐 다선일미茶禪一味에서의 선禪이 사람과 공간이 되어버렸다. 선禪은 보일 시示와 홑 단單이 합쳐진 글자다. 흥미롭게도 단單에는 '도탑다(관계에서 사랑이나 인정이 많고 깊다)'라는 의미가 있다.

마음공부는 단지 혼자 정진만 한다고 되는 건 아닌 것 같다. 나를 인정해 주고 알아주는 사람, 편안함을 주는 존재와 가까이하다 보면 어느새 마음이 편안해지고 개방되고 확장된 마음에서 좋은 것들을 많이 담을 수 있기 때문이다.

나의 경우는 좋아하는 그것이 차였다. 차가 매개가 되어 좋은 공간과 사람을 만나게 되었다. 누군가에게 그것이 운동일 수도 있고, 독서나 등산 같은 취미나 일일 수도 있다. 자신을 안식과 평온으로 이끌어 주는 것이면 충분하다. 나만의 케렌시아를 통해 보다 깊은 휴식을 찾고 회복할 수 있을 것이다.

● ●

행복의 법칙

우리는 한두 개의 큰 사건이 우리 삶을
엄청나게 바꿔놓을 것이라고 상상한다.

그러나 행복은
수백 개의 조그만 사건이
모여 하나를 이루는 것이다.

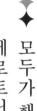

모두가 행복해지는
세로토닌 게임

'자기를 바로 보는 것'은

나의 행복을 위해 필요합니다.

'우울하거나 슬픈지'

'기쁘거나 들뜬 건지'

'화나거나 짜증이 나는지'

'멍하거나 무기력한지'

현재의 감정과 마음을 알아차리면서

상태와 본질을 파악하는 것입니다.

자기를 바로 본다는 것은
나의 참모습을 보는 것입니다.

삶에서 겪는 희로애락을 초월하여
마음의 근본 자리를 깨치는 것입니다.

행복의 원천은
'지금, 바로, 여기'에 있습니다.

●●

어린 시절 친구들과 걱정 없이 뛰놀던 기억이 떠오른다. 많은 사람이 그 시절을 행복했던 순간으로 기억한다. 세상의 어려움을 알기 전 어렸을 때는 친구들과 노는 것 자체만으로 너무 좋았다. 세상 걱정 없이 살아갔던 시절, 우리에겐 즐거운 '놀이 문화'와 돈독한 '친구 관계'가 있었다. 시간이 지나고 우리는 자라났고 살면서 많은 어려움을 겪었지만, 행복한 상태만큼은 크게 달라지지 않은 것 같다. 어렸을 때 재밌게 놀았던 것처럼, 지금도 그렇게 놀거나 어울릴 때 참 즐겁고 행복하다.

나에겐 놀이 문화와 관련된 꿈이 하나 있다. 즐기면 즐길수록 행복해지는 게임을 만드는 것이다. 게임은 인류가 시작된 이후로 늘 함께해 왔다. 요한 하위징아는『호모 루덴스』라는 책에서 정치, 사회, 문화, 종교, 철학이 놀이에서 시작되었다고 주장하며 인간을 '호모 루덴스Homo Ludens', 즉 유희적 인간이라고 명명한다.

바둑은 중국의 요순시대 때부터 시작되었고, 장기는 삼국시대 이전부터 있었으며, 체스는 인도의 고대 장기 형식의 차투랑가에서 유래하였다. 현대에 이르러서는 많은 게임이 중독성, 폭력성, 선정성 등에 노출되어 학생들에게 해로운 영향을 미치는 것으로 인식되기도 한다. 반면에 게임에도 장점이 있다. 집중력을 향상하고 사이버 공간에서 인간관계를 맺어 주며 자신의 흥미와 적성을 찾을 수 있도록 도와준다. 이러한 게임의 순기능을 확장하고 정서와 행복감을 증폭하는 방향으로 나아간다면, 하면 할수록 행복한 게임을 만드는 것도 불가능한 일만은 아닐 것이다.

게임에 흥미를 느끼기 시작한 것은 컴퓨터를 다루게 된 초등학교 때부터다. 게임을 무척이나 좋아했기 때문에 학창 시절 내내 게임과 공부 사이에서 갈등했는데, 대학교 1학년 여름방학에 이르자 정점에 이르렀다. 친구의 권유로 시작한 롤플레잉(역할놀이게임, RPG) 게임에 중독된 것이다. 식음을 전폐하고 잠을 설쳐 가며 여름방학 3주 동안 그 게임과 동고동락하였다. 게임 폐인이 되고 한참이 지난 후 정신을 차려 보니 내 몰골이 말이 아니었다. '진짜 한심하다. 왜 이렇게 살아야 하지?' 뼈저린 후회와 깊은 반성을 하게 되었다.

극단적인 게임 폐인이 되는 것은 나쁘지만 게임의 순기능을 강화하면 얼마든지 긍정적인 효과를 만들어 낼 수 있다. 게임 중독에서 벗어나자 게임의 순기능에 희망과 꿈이 보이기 시작했다. 그것이 실현되기를 바라는 마음에서 컴퓨터 프로그래밍을 공부해 보기도 하고 관련된 수업을 듣기도 했다. 특히 '사이버 심리학'이라는 수업이 매우 흥미로웠다. 이 수업의 마지막 과제는 소셜 게임에 관해 연구 조사하여 발표하는 것이었다.

발표를 준비하며 알게 된 가장 흥미로운 점은 게임을 할 때 형성되는 호르몬과 신경전달물질에 관한 내용이었다. 게임 회사에서 게임을 개발하고 연구할 때, 좋은 게임을 판단하는 기준으로 '도파민' 수치를 삼는다고 한다. 도파민은 신경 신호 전달뿐만 아니라 의욕, 행복, 기억, 인지, 운동 조절 등 뇌에 다방면으로 관여하는 호르몬이다. 인간이 정상적인 생활을 영위하기 위해서는 적당량의 도파민이 필요하다. 도파민은 인간을 흥분시켜 의욕과 흥미를 부여하는데, 이것이 결핍되면 무엇을 해도 금방 질리고 귀찮아지며 모든 일에 쉽게 흥미를 느끼지 못한다. 극단적으로 도파민 분비를 1,800배로 촉진하는 메스암페타민(히로뽕)을 투여하면, 흔히 '다행감euphoria'이라고 불리는 극도의 행복과 각성 효과로 인해 며칠을 자지 않고 일해도 모든 일을 완벽하게 소화할 수 있는 슈퍼맨으로 변신한다. 하지만 자연의 섭리가 그렇듯 평소의 상태로 돌아가면 도파민 결핍이 부작용으로 나타난다. 일상생활의 행복은 나타나지 않고 도파민만을 갈망하는 악순환, 정신적인 '의존성'의 고리가 생긴다.

충격적인 것은 게임 회사에서 생각하는 좋은 게임이란, 게임 유저가 게임을 했을 때 많은 양의 도파민이 생성되는 게임이라는 사실이다. 게임 유저가 많아져야 수익이 생기고 기업을 계속 유지할 수 있겠지만, 그것이 이용자에게 큰 해를 끼쳐서는 안 된다. 소비자의 건강을 고려하지 않고 싸고 질 나쁜 재료를 쓰는 불량식품 제조사와 무엇이 다르겠는가? 이용자 관점에서 극단적으로 표현하면, 이런 게임을 한다는 것은 잠깐의 쾌락을 위해서 행복을 포기하는 것과 같다.

그렇다면 행복해지는 게임이란 어떤 게임을 말하는 것일까? 여기서 내가 착안한 게 바로 '세로토닌'이다. 행복 호르몬이라고 불리는 '세로토닌'을 증가시키는 게임을 만들면 되지 않을까 생각한 것이다. 뇌 과학자에 의하면, 우리의 뇌에서는 인간의 감정을 조절하는 '세로토닌'이라는 호르몬이 분비되는데, 이 물질은 공격성, 폭력성, 충동성, 의존성, 중독성을 조절하여 평온감과 위로감 등을 가져다 줄 뿐 아니라 주의 집중력과 기억력을 향상하는 기능을 한다.

세로토닌은 사회성과 감성의 발달과 밀접한 관계가 있다. 신경정신과 전문의 이시형 박사는 『세로토닌하라』라는 책에서 세로토닌을 행복 물질이라고 명명하고, 이것이 감성을 풍부하게 해 주고 창의

적이고 원만한 대인 관계를 이루어 갈 수 있도록 돕는다고 밝혔다.

나 역시 세로토닌의 분비를 촉진하는 게임을 조사해 본 바 있다. 실제로 '팜빌'이라는 소셜 게임을 해 보면서 그 효과를 확인하려 했지만 큰 효과를 보지는 못했다. 게임을 할 때는 재미있었지만 전체적인 행복감이 증진되지는 않았기 때문이다. 근육을 쓰고 몸을 움직이는 활동이 거의 없어서 그랬던 것 같다. 예를 들어, '닌텐도 위' 같은 게임은 가족과 함께 스포츠를 즐길 수 있다. 실제 운동을 하는 것과 유사한 효과를 볼 수 있다. 최근에는 VR을 활용한 게임도 등장했다. 입체 영상을 통해 보다 실감 나는 영상을 보니 몰입감도 커지고 활동성도 증대된다. 스마트폰 게임 중에 '포켓몬 고'도 주목할 만하다. 다양한 몬스터를 잡거나 플레이어와 게임을 하기 위해서 밖을 돌아다녀야 하기 때문이다. 방에만 있으면 엄청난 제약이 따라서 캐릭터를 성장하는데 큰 불이익이 있다.

몸을 움직이지 않으면서 정신적으로 건강하긴 어렵다. 게임 제작에서도 최신 기술을 바탕으로 몸과 정신 모두 활성화할 수 있는 것들을 만들고 있다. 참 다행이다. 여전히 나는 행복한 게임을 만들고 싶다. 많은 연구가 필요하고, 전문가가 함께하면 가능할 것이다.

우리들의 행복 증진을 위해서 어디선가는 행복한 게임을 만드는 사람이 있을 거라 생각한다. 언젠가 그들과 함께 그런 게임을 만들 수 있는 날이 올 것이라 기대하고 희망한다.

행복이란?

살짝 미쳐보고 꿈꾸며 현재를 즐기는 것.

지금 할 수 있는 것을 후회 없이 해 보고
미친 듯이 사랑하고 공부하고 수행하는 것.

남의 시선을 적당히 의식하면서
나에게 온전히 집중하는 것.

과거 전생에서부터 현재까지 살아오면서

수많은 업(業, Karma) 을 지어왔습니다.

억겁의 세월 동안 쌓인 것들의 인연으로

내가 되었고 여러 사람을 만나고 있습니다.

나와 그 사람의 인연은 우연이 아니라

업에 의한 인연법因緣法의 결과입니다.

내게 온 인연은 내가 선택할 수 없었지만

인연을 아름답게 가꾸는 것은 나의 몫입니다.

그 사람도 나도 모두 주인입니다.

각자의 의지와 선택에 달려있습니다.

좋을지 나쁠지도 내가 결정해야 합니다.

선택권을 다른 쪽으로 넘기지 마세요.

내가 만나는 인연은 모두 소중합니다.

눈앞의 인연을 진실과 성실로 임하세요.

내 마음먹기에 따라 인연이 모두 좋아집니다.

주어진 인연을 아름답게 가꾸어 가길 바랍니다.

●●

　몇 해 전 대한민국에는 '도깨비 열풍'이 불었다. 전생의 업과 인연을 현실에서 풀어 가는 드라마 「도깨비」가 안방극장을 뜨겁게 달구었다. 그 드라마 스토리를 잠시 얘기해 보자면 이렇다. 극 중 고려 시대의 무신 김신은 대역 죄인으로 몰려 억울한 참형을 당하였지만, 신의 축복으로 도깨비로 환생하여 영원한 삶을 허락받는다. 하지만 그것이 좋기만 한 것은 아니다. 영원히 죽지 않는 불멸의 존재는 사랑하는 사람들이 이 세상을 떠날 때 인연이 소멸되는 아픔을 겪어야 하기 때문이다. 늘 소중한 사람들을 보내야만 하는 슬픔과 고통은 '불멸의 삶이 곧 저주'라는 것을 깨닫게 한다.

이렇게 축복과 저주 사이에서 삶을 이어 나가는 도깨비에게는 단 한 가지 희망이 있었다. 바로 도깨비 신부를 만나는 것이다. 신은 도깨비에게 "도깨비 신부를 만나라. 무無로 돌아가 평안하리라."라고 계시했다. 이 드라마는 도깨비와 도깨비 신부의 인연으로 시작한다. 그들은 서로 만나 사랑하고 행복하다 결국 헤어진다. 그러나 헤어지는 아쉬움이 컸던 탓에 이들의 헤어짐은 또 다음 만남으로 이어지고 그들은 다시 새로운 인연을 아름답게 맺어 나간다.

한편, 도깨비가 되기 전 무신이었던 김신을 대역 죄인으로 몰아 죽인 고려의 왕 왕유는 저승사자로 환생했다. 그는 도깨비가 된 김신과 만나 자신의 지은 악업을 청산하기 위해 노력한다. 원수끼리 만나 그들의 잘못된 인연의 고리를 풀어 가는 두 사람의 이야기도 이 드라마의 중요한 포인트다.

드라마 「도깨비」를 보면서 이 세상의 수많은 인연을 떠올려 보았다. '지금 저 사람은 어떤 이유로 만나게 되었을까?', '왜 이렇게 나를 힘들게 하는 거지?' 반면에 '저 사람은 왜 나를 늘 기쁘고 행복하게 해 주는 걸까?' 궁금했다.

'옷깃만 스쳐도 인연'이라는 말이 있다. 예전에는 주로 절에서 쓰는 말이었지만, 지금은 일반적으로 두루 쓰는 말이 되었다. 내가 오늘 만나는 한 사람과의 인연이 보통 인연이 아니라는 생각으로 소중하게

임해야 한다는 뜻이다. 불교에서 인연에 대해서 소중하게 여기는 이유는 모든 우주와 인간사의 이치는 '인연법因緣法'에 의한 것으로 보기 때문인데, 내적 원인 '인因'과 외적 원인 '연緣'에 의해 모든 것이 존재하고 관계하고 있다는 것이다.

석가모니 부처님께서 6년 반의 고행 끝에 보리수 아래에서 깨달은 내용도 바로 이 12연기법緣起法이며 이것이 바로 인연법의 핵심이다. "이것이 있으므로 저것이 있고, 이것이 일어나므로 저것이 일어난다. 이것이 없으므로 저것이 없고, 이것이 사라짐으로 저것도 사라진다."라는 것이 연기법의 원리다. 우리는 무명無明(밝지 않음, 어리석음, 근본번뇌)으로 인해 여러 마음 작용과 몸의 현상을 겪다가 생로병사生老病死(태어나서 늙고 병들고 죽는다)의 굴레에서 윤회를 거듭한다. 따라서 12연기를 거꾸로 거슬러 올라가서 무명에 다다르고 그 무명을 밝음으로 바꿀 수 있다면, 우리의 삶은 지금까지의 어두움과 고통에서 밝음과 행복으로 변할 것이다.

그런데 이 12연기의 인연법은 나 혼자에게만 적용되는 것이 아니다. 우주의 보편적 진리이므로 인연법은 사람들과의 관계 속에서 작용한다. 그래서 불가에서는 연기법에 바탕을 두고 '시절 인연'이라는 말을 자주 쓴다. 인연은 그때 그 순간들이라는 것이다. 시절 인연들이 모여서 내 전체 인연이 되고 삶으로 남는다. 그러나 지나간 세월을 돌이켜 보면 그때 그 시절의 인연들 가운데 현재 내 곁에 머무는 인연은 그리 많지 않다. 영원한 인연은 없으므로 그때마다 최선을 다해야 하고 잠깐의 인연이라고 소홀히 여겨서는 안 된다.

만해 한용운 스님은 「님의 침묵」이라는 시에서 인연에 대해 이렇게 노래하였다.

사랑도 사람의 일이라 만날 때에 미리 떠날 것을 염려하고 경계하지 아니 한 것은 아니지만, 이별은 뜻밖의 일이 되고 놀란 가슴은 새로운 슬픔에 터집니다.

(......)

우리는 만날 때에 떠날 것을 염려하는 것과 같이 떠날 때에 다시 만날 것을 믿습니다.

여기에서는 '생자필멸 거자필반 회자정리生者必滅 去者必返 會者定離'라는 메시지를 시로써 잘 표현하고 있다. '산 것은 반드시 죽고 떠난 사람은 반드시 돌아오며 만나면 반드시 헤어지게 된다'라는 의미다.

일반적으로 우리는 좋은 인연은 영원했으면 하고 나쁜 인연은 빨리 끝났으면 한다. 그러기 위해서는 내가 마음을 잘 먹어야 한다. 그 한때가 지나가면 그러한 인연은 더 이상 없다. 따라서 시절 인연을 잘 만들어야 한다.

만나고 헤어지는 순간순간들에 잘 임해야 한다. 맺고 끊음을 잘하고 지속해서 이어갈 수 있도록 관리해야 한다. 헤어질 때 잘못 헤어지면 원망하는 마음이 계속 유지되기 때문이다. 사랑하는 남녀 관계에서도 싸워서 좋지 않게 헤어지면, 서로 원수로 남고 그 인연에 대한 안 좋은 기억을 갖는다. 오랜 시간 좋은 관계를 지속해 왔어도 헤어질 때의 경솔함이 모든 걸 망칠 수 있다.

상대가 나에게 아무리 잘못하더라도 그보다 더 심하지 않음에 감사할 수 있어야 한다. 나에게 잘해 주면 잘해 준 그것을 잊지 말고 고마워할 줄 알아야 한다. 하나의 인연을 만들고 유지하여 마치는 일체의 과정과 그때의 경험은 몸에 스며들고 의식의 데이터베이스에 핵심 정보로 저장된다.

AI 기술은 수많은 데이터를 분석하고 학습(딥러닝)하여 합리적인 지식을 만들어 낸다. 알파고와 이세돌이 바둑을 두었을 때, 대국 전에 많은 정보를 습득한 AI는 실제 대국에서 이길 수 있는 최선의 방법을 매 순간 뽑아냈다. 이세돌은 알파고에 딱 한 번 이기고 모두 패했다. 이세돌과의 대전을 겪은 알파고는 그 경험치까지 쌓여서 이제 더 영리해졌다. 그 이후로 알파고와의 바둑 대전에서 이길 수 있는 인간은 없을 것이라고 예상한다. 이세돌이 전무후무한 AI와의 대결에서의 유일한 승자가 된 것이다.

그처럼 우리의 의식도 비슷한 메커니즘으로 작동한다. 내가 살면서 겪는 경험, 만났던 사람들과의 스토리는 데이터로서 저장된다. 의식이라는 AI가 내가 경험한 수많은 빅데이터를 분석해서 합리적인 사고와 판단을 한다. 수많은 데이터의 조각들을 조합하고 분석하여 의미 있는 결괏값을 만들어 내는 것과 같다. 인연의 시작, 중간, 끝의 모든 과정이 다이내믹한 패턴으로 저장되어 쌓이는 것이다. 자업자득 이라는 말처럼 축적된 그것은 부메랑이 되어 다시 나에게 돌아온다. 쉽게 말해 '뿌린 대로 거둔다'라는 것이다.

　　사람들과의 관계를 알뜰하게 살펴야 행복한 삶을 살아갈 수 있을 것이다. 나에게 주어진 인연의 씨앗이 있다면 소홀히 하지 말고 삶의 밭에서 잘 일구고 가꾸어 나가자.

●●

지나간 인연에 너무 집착하지 말자.
자칫 지금 귀한 인연을 놓칠 수 있다.

쌓아둔 일들에 미련을 갖지 말자.
그때 못했던 것을 지금 하려는가.

현재의 관점과 감각으로 과거의 것을 보면

전혀 다른 새로운 것이 보이고 느껴진다.

후회하고 집착하며 미련하게 살지 말고
시작하고 집중하며 현명하게 살아가자.

가장 소중한 지금 인연에 충실하게 살아가면
어떤 누구 못지않게 나로서 감사하고 만족한다.

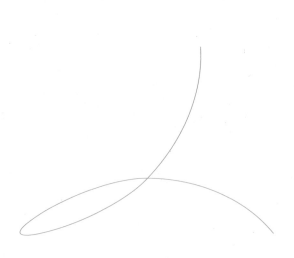

기도는 사람답게
만드는 힘이 있어요

그에게 잘해주고 최선을 다했는데

그가 내 바람대로 응하지 않는다면

나는 참 속상하고 서운할 것입니다.

그가 알아주거나 말거나

그것은 나의 영역이 아니에요.

좋은 업을 쌓았으면 그만입니다.

우리가 할 수 있는 최선은

그 사람이 선업을 쌓을 수 있도록
묵묵히 지켜보며 기도해 주는 거예요.

우리가 사람다울 수 있고
아름다울 수 있는 것은
기도할 수 있는 존재이기 때문입니다.

• •

기도하는 자의 모습은 아름답다. 이 세상에서 가장 아름다운 장면을 꼽으라면 여러 가지가 있겠지만, 죽는 그 순간까지 기도의 줄을 놓지 않는 간절하고 신실한 모습이라고 생각한다. 인간이 인간다울 수 있는 것은 기도를 통해 자신을 반성하고 새로운 결의와 다짐을 하기 때문이 아닐까. 부족한 나의 모습을 절대라는 기준에 비추어 본연의 자아를 찾아가는 그 여정 말이다.

나는 어릴 적부터 부모님께서 갖고 있던 기독교적 신앙관에 영향을 많이 받았다. 매주 교회에 가야 했고 방학 때는 수련회에도 참가하였다. 그로 인해 나는 기도를 하는 습관을 갖게 되었다. 하지만 스스로 신앙을 선택하고 추구해 나가는 것은 온전히 나의 몫이었다.

교인이었을 당시 내가 가진 신앙은 반쪽짜리에 불과했다. 내 안에서 참된 신성의 빛을 발견하지 못했기 때문이다. 입으로 열심히 떠들긴 했으나, 내 안에서 올라오는 본연의 빛은 느껴지지 않았다. 머리로 생각했을 뿐 마음으로 우러나오는 기도는 하지 못했다. 그러다 보니 의무적이고 맹목적인 신앙 안에서 방황하고 갈등할 수밖에 없었다.

불가의 불법승佛法僧 삼보三寶에 귀의하고 스님으로서 수행을 본격적으로 시작하면서부터 올바른 신앙을 찾게 되었다. 진정 내 안에서 밝은 빛을 발견한 것이다. 그로써 진실을 볼 수 있는 힘이 강해졌다. 불이 켜지니 어두운 방 안이 밝아지는 것 같았다. 불교만이 최상의 가르침이라고 주장하는 것은 결코 아니다. 어떤 이는 기독교 안에서 참된 빛을 발견한다. 다만 나는 내가 경험한 종교와 경험 안에서 솔직히 고백할 뿐이다.

불교에서의 기도법은 염불이다. 아미타불을 염하고 관세음보살을 염하면서 간절한 마음으로 부처님께 귀의한다. 내가 사라지고 오직 부처님만 남게 되는 것이 핵심이다. 염불을 하고 있는 나도 없고 염불을 하는 행위도 없으며 오직 부처님만 남게 되면 자신 안에 있는 자성自性의 불이 켜진다. 먹구름이 걷히므로 이미 켜져 있는 자성의 불을 보게 되는 것이다. 기독교식으로 이야기하면 '오직 주님께서 거하시게 되는 은사'이며 '주의 뜻대로 하옵소서'일 것이다.

우리나라 불교의 최대 종단인 대한불교 조계종은 중국의 선종인

임제종 계통에서 나왔다. 그래서 간화선(화두선)을 가장 중요시하고 그 것을 자부심으로 여기기도 한다. 하지만 그것이 전부는 아니다. 예로 부터 서산 대사, 사명 대사, 진묵 대사, 태고 대사, 나옹 대사와 같은 대 선사들도 화두보다는 염불에 대해서 강조하셨다. 염불도 일념으로 하 면 참선이 된다. 즉, 염불선이라고 이름한다. 청화 스님께서 이 수행을 하면서 깨달은 내용을 대중들에게 알려주셨다.

염불을 하고 기도를 하면서 알게 된 것은 기도의 시작이자 핵심 이 '참회와 회개'라는 것이다. 어린 시절 교회에서 스스로를 죄인이라 고 단정하고 죄를 회개하는 것이 거부감으로 다가왔다. 교회만 가 면 왠지 죄인이 되는 것 같았기 때문이다. 하지만 내 안에서 빛을 발견 하고 어둠이 있었다는 것을 스스로 깨닫게 되었다. 그전까지는 죄업 이 이렇게 많은 줄 몰랐다. 전날의 부끄러운 과오에 대해서 반성하게 됐다. 그 참회의 눈물과 잘못에 대한 인정은 내가 새롭게 설 수 있는 바탕이 되어 주었다.

불교에 유명한 일화가 있다. 스님이 행자에게 동전 몇 개를 주면 서 방 안을 꽉 채울 수 있는 물건을 사 오라고 했더니 초를 사 와서 방 안을 환하게 비추었다는 것이다. 우리의 무명과 죄업을 태우고 밝힐 수 있는 것 역시 그러한 불빛일 것이다. 불교에서는 이를 광명光明이라 고도 하고 대적광大寂光이라고도 하며 감로수甘露水라고도 한다. 그래서 헤아릴 수 없는 광명을 가진 부처님을 일컬어 무량광불無量光佛이라고 한다.

내 안에 빛이 있다는 것은 참으로 감사한 일이다. 부패하고 어두워져 가는 세상을 밝히는 힘은 우리 자신 안에 있는 빛에서부터 시작한다. 우리에게는 우리 안에 있는 참된 빛을 찾고, 그것으로 우리 자신과 세상을 비추어 보는 마음가짐과 수행력이 필요하다. 그러기 위해서는 필요성을 인식하고 현재 내면의 상태를 인지할 수 있어야 한다. 그때 비로소 '이렇게 살면 안 되겠다'라고 인정하게 된다. '영혼의 갈급함', '마음의 공허함', '불안한 심리'를 느낄 수 있어야 한다. 수분이 부족해 갈증을 느껴야 물을 마실 수 있다.

사막에서 물통에 물이 채워져 있는데 탈수로 죽어가는 사람들이 많다고 한다. 땀이 나는데 금방 증발이 되어서 땀이 나는 줄 모르고 목마른지 모르다가 죽는 것이다. 현재 자신의 갈급함과 영양의 결핍과 공복을 느낄 수 있어야 한다. 바깥으로 향하고 있는 눈을 자기 내면으로 돌려주는 것부터가 시작이다. 나에게 관심을 두도록 하자.

이 세상의 유일한 빈곤은 기도의 빈곤이라고 한다. 기도하는 사람이 갖게 되는 힘과 그 밝기는 무한하다. 기도를 통해 내 마음이 빈곤해서 풍요로 바뀔 수 있다면 내 삶은 만족과 감사로 충만할 수 있다. 무명을 밝히는 광명의 빛이 모든 사람의 가슴 속에서 찬란히 빛날 수 있기를 발원한다.

●●

어느새 어느 날 변해있을 겁니다.
갑자기 오늘 바로 지금 바뀌어 있는 게 아니라
자기도 남도 모르는 사이 서서히 변해가다가
바뀐 삶의 모습을 발견할 것입니다.

좋은 것이 금방 나타나지 않아 아쉬울 수 있겠지만
대신에 그것은 소중함을 더 알 수 있겠지요.

나쁜 것이 드러나기 전에 조금 나타난
좋지 않은 것을 감지하고
바꿀 기회로 삼을 수도 있습니다.

나는 지금 오늘 무엇을 먹고 있는지
무얼 생각하고 뭘 하고 있는지 살펴보아요.

그것들이 하나둘 쌓여서

앞으로의 내 삶이

그렇게 바뀌어 갈 것입니다.

〈마음챙김 명상〉

통찰력을 기르는 시간

옳고 그름을 바르게 판별하고 거짓에 휩싸이지 않으며 인생의 참된 가치에 집중하기 위해서는 통찰력이 필요합니다. 또한 세상을 슬기롭게 살아가는 지혜를 계발하기 위해서는 그에 상응하는 훈련을 해야 합니다. 예리한 통찰력을 기르고 바른 지혜를 계발하는 '마음챙김 명상'을 해 보겠습니다.

'마음챙김Mindfulness'은 말 그대로 마음을 챙긴다는 것입니다. 어디로 튈지 모르는 이 마음을 '있는 그대로' 지켜보며 세심하게 챙겨 주는 것입니다. 보이지 않는 마음을 알아차리기 위해서는 보이는 몸의 느낌과 현상을 먼저 봐야 합니다. 그리고 호흡과 소리 같은 여러 감각을 살펴야 합니다.

가장 중요한 것은 '이뭣고'라는 주문입니다. '이것은 무엇인고?'를 세 글자로 줄이면 '이뭣고'가 됩니다. 내 안에서 일어나는 여러 가지 현상을 매 순간 '이뭣고' 하면서 알아차리는 것입니다.

순수하고 순진하며 호기심이 가득한 마음가짐으로 '이뭣고' 하다 보면 마음 현상들이 보이기 시작합니다. 그것을 알아차리는 순간 마음챙김이 되고 마음이 편안해지며 번뇌는 사라집니다.

먼저, '준비운동'을 하겠습니다.

편하게 할 수 있는 스트레칭으로 간단하게 몸을 풀어 줍니다.

1   바닥이나 의자에 편안한 자세로 앉습니다.

2   아침에 일어났을 때 결리고 찌뿌둥한 몸을 부드럽게 풀어 주듯이 기지개를 활짝 켭니다.

3   얼굴을 좌우로 기울인 후에 목을 좌우로 돌립니다.

4   어깨를 으쓱하고 올리면서 코로 숨을 들이마시고 털썩하고 내리면서 입으로 숨을 내쉽니다.

(5) 손목을 안쪽으로 돌리고 바깥쪽으로 돌립니다. 손가락을 쥐었다 폈다 한 후에 공중에 먼지 털어 내듯이 풉니다.

'준비운동'을 통해 몸과 마음을 이완시키고 '마음챙김 명상'에 들어갈 준비를 합니다.

이제 '마음챙김 명상 1단계'를 시작하겠습니다.

(1) 정화수를 떠 놓고 기도하듯이 정성 어린 마음으로 두 손바닥을 회전하며 비비면서 마찰합니다. 손바닥에 어떤 느낌이 있는지 알아차립니다.

(2) 손바닥을 마찰하다 보면 여러 가지 감각들이 느껴집니다. 따뜻함과 차가움, 부드러움과 거침, 촉촉함과 건조함 등을 비롯한 많은 느낌을 있는 그대로 관찰합니다.

(3) 익숙한 느낌과 생소한 느낌들 모두에 대해서 '이뭣고'라고 의식하면서 알아차립니다. 순수한 마음으로 '이게 정말 무얼까?'라고 호기심 어린 눈빛으로 바라봅니다. 있는 그대로를 보려고 애씁니다.

(4) '손바닥 마찰'에 집중해야 합니다. 거기서 생기는 느낌들을 알아차려야
합니다. 만약 '잡념과 망상'이나 '다리 저림'과 같은 통증, '불편함' 등이
느껴지면 그 자체를 알아차리려고 해 보세요. '잡념과 망상'이 왔을 때
짜증 내지 마시고 있는 그대로를 알아차리고 받아들이려고 하세요. 여
러 가지 느낌을 나와 동일시하지 말고 그것과 나를 분리해, 그것을 그
것대로 하나의 객관적 대상으로 보고 단순히 알아차립니다.

손바닥 마찰을 하면서 일어나는 생각과 느낌들을 알아차리는 것만으로
도 마음이 편안해지고 모든 번뇌가 사라집니다.

다음으로 '마음챙김 명상 2단계'를 시작하겠습니다.

(1) 척추를 곧게 세우고 턱을 목 방향으로 당기며 머리가 하늘과 수직이 되
도록 자세를 취합니다.

(2) 복부를 앞으로 밀어 척추를 편안하게 합니다.

(3) 두 팔을 뻗어 가슴에서 20cm 떨어진 곳에 올려놓습니다.

(4) 손과 팔에 현재 상태를 유지할 만한 최소한의 힘만을 남기고 나머지는 다 뺍니다. 긴장감을 풀고 마음을 편안히 하면 '힘 빼기'를 통한 이완이 더 잘됩니다.

(5) 눈을 감고 두 손을 가만히 지켜봅니다. 손과 팔의 느낌들에 집중합니다. 힘을 뺀 상태에서 생겨나는 느낌을 알아차리면서 계속 집중합니다. 그리고 매 순간 '이뭣고' 하세요.

(6) 두 손 사이 간격을 넓히면서 천천히 움직입니다. 움직이면서 변화되는 느낌들을 관찰하고 알아차립니다. 좋고 나쁨을 판단하지 말고 있는 그대로를 지켜봅니다. 그리고 매 순간 '이뭣고' 하세요.

(7) 최대로 넓혀진 상태에서 멈추고 '이뭣고' 해 줍니다.

(8) 두 손 사이 간격을 좁히면서 천천히 움직여 줍니다. 움직이면서 변화되는 느낌들을 관찰하고 알아차립니다. 좋고 나쁨을 판단하지 않고 있는 그대로를 지켜봅니다. 매 순간 '이뭣고' 하세요.

손과 팔을 움직이고 멈추는 동작은 에너지를 증폭하는 과정입니다. 손과 팔 주변의 감각이 깨어나고 에너지가 증폭되기 때문에 느낌을 관찰하기 쉽습니다.

다음으로 '마음챙김 명상 3단계'를 시작하겠습니다.

1. 두 손을 무릎 위에 편안하게 올려놓습니다.

2. 코로 숨을 들이마시고 내쉽니다. 코로 들어오는 숨을 느끼면서 알아차립니다. 코로 나가는 숨을 느끼면서 알아차립니다. 그리고 매 순간 있는 그대로를 객관적으로 통찰해서 보려는 의도를 갖고 '이뭣고' 하세요.

3. 숨이 코로 들어와서 아랫배 단전까지 내려왔다가 다시 코로 나감을 지켜봅니다. 그리고 매 순간 있는 그대로를 객관적으로 통찰해서 보려는 의도를 갖고 '이뭣고' 하세요.

4. 호흡을 알아차리다가 다리가 저리거나 마음이 불편하거나 다른 감각이 느껴지면 그것을 있는 그대로 알아차리세요. 괜찮아지면 다시 호흡을 계속해서 알아차립니다.

마음챙김은 몸, 느낌(호흡, 소리, 에너지 등), 마음(무의식)을 관찰하여 평화로운 마음과 통찰력과 지혜를 기르는 명상법입니다. '이뭣고'라는 주문을 기억하면서 매 순간 깨어 알아차린다면 '마음챙김'의 감각을 금방 터득할 것입니다.

나답게
살기 위하여

간절한 마음으로 공부하라.

닭이 알을 품고 고양이가 쥐를 노리듯이,

굶주린 자 밥을 찾고 목마른 자 물을 찾듯이,

어린아이가 어미를 찾듯이.

_서산 대사의 『선가귀감』 중에서

불교의 선사禪師들은 주로 화두를 깨치는 수행을 했다. 특히, 이때 서산 대사가 강조한 공부의 자세를 따르기를 권한다. 스승은 제자에게 화두를 던져 주고, 제자는 그 화두를 들면서 깨달음을 위해 정진한다. 반드시 스승이 화두를 주어야 하는 건 아니다. 자신에게 맞는 화두를 찾아 스스로 정할 수도 있다.

나에게도 화두가 있다. 2년 전 은사 스님께서 주셨다. 아버지이자 스승이신 분께서 주셨기에 각별하다. 나의 은사 스님은 봉은사 주지 소임을 맡고 계시는 원명元明 스님이다. 사실, 나는 아직 화두를 받을 깜냥도 아니고 참구할 수 있는 수준도 못 된다. 그래도 '갖고 있다 보면 알처럼 느껴지고, 품고 싶어지고, 그렇게 품다 보면 뭔가 알을 깨고 나올 수도 있지 않을까?' 하는 마음에서였다.

우리 은사 스님은 참 겸허하면서 편안함을 주시는 분이다. 사람에 대해서도 함부로 대하시는 법이 없다. 위와 아래의 차별이 없으신 분 같다. 그래서인지 처음에 화두를 주십사 여쭈었을 때도 화두를 줄

만한 사람이 못 된다고 말씀하셨다. 재차 청하자, 스님께서 가장 좋아
하는 화두라며 내려주신 게 '이뭣고'였다. '이것은 무엇인가?'라는 의
미다. 이 화두를 들다 보면, 불교의 핵심인 공성空性과 중도中道를 아는
데 도움이 될 거라고 하셨다. 그 이후로 열심히 화두를 들고 있진 않
다. 그래도 가끔은 문득문득 생각이 나서 들어 보기도 한다. 그러다 어
느 날, 필Feel이 꽂히면 가열하게 몰아치기도 한다.

　'이뭣고'는 궁금하게 생각하는 '그것'에 대한 물음이다. 어느 날
문득, '내가 누구인지', '나답게 살아가는 것은 무엇인지' 궁금증이 폭
발했다. 아무리 생각하고 궁리해도 도무지 답이 나오지 않았다. 그래
서 '이뭣고'의 대상을 '나', '나답게'로 정하고 집중해 보았다. 몸을 풀
고 편안히 앉아 호흡에 집중하면서 이 화두를 떠올리기도 했다. 그냥
걷거나 멈춰 있을 때도 떠올려 봤다. 그렇게 거듭된 노력에 들려오는
답은 '오직 모를 뿐(Only Don't Know)'이었다. 그저 미지의 세계일 뿐이
었다. 알면 알수록 모르는 게 더 많다고 느껴졌다.

　스님으로서 수행을 계속해야 할지, 학생으로서 학업을 이어가야

할지 고민하며 방황하고 있을 때 다시 은사 스님을 찾아갔다.

"스님, 저는 스님의 자격도 자질도 없는 것 같습니다. 공부를 하면 할수록 모르는 게 많고 잘할 자신이 없습니다."

스님께서는 말씀하셨다.

"네가 부족하고 모르는 걸 앎으로 희망이 있다. 잘 모르면서 안다고 착각하는 사람들보다 나은 거야."

내 두 눈가에는 하염없이 눈물이 흐르고 있었다. 출가 수행자로서, 박사 과정 학생으로서 포기하고 싶은 마음이 들고 많이 위축되어 있었다. 스님께서는 나를 위로하고 격려해 주셨다. 그 이후로 마음과 생각을 달리 갖기로 했다.

'부족한 것이 부끄러운 것이 아니다. 부족한 줄 모르는 게 부끄러운 것이다.'

'모르는 게 잘못된 것이 아니다. 모르는 데 잘 안다고 생각하는

게 잘못된 것이다.'

　'부족한 건 부족한 대로, 모르는 건 모르는 대로 인정하고 받아들이자. 그리고 그 자리에서 다시 하나씩 시작해 보자.'

　나를 찾는 길 위에서 나답게 살아가는 건 참 어려운 것 같다. 그래도 그 길 위에 있다는 건 참 행복한 일이다. 지금 나에게 주어진 것에 만족하고 감사하면서 한 걸음씩 걷다 보면 조금씩 알게 되지 않을까? '내가 누구인지', '나답게 살아간다는 것은 어떤 것인지'.

　먼지 없는 청정지역에서 살기 위해서는……
　번뇌 없는 편안한 마음으로 살기 위해서는……

　나의 크고 작음, 부족함과 잘남을
　'지금 바로 여기'에서 '있는 그대로'
　인정하고 받아들이고 다정하게 바라보면서
　'이뭣고', '오직 모를 뿐' 하면 될 것 같다.

마지막으로, 좋아하는 선가禪家의 문장을 소개하고 싶다.

本來無一物 何處惹塵埃

본래무일물 하처야진애

본래 아무런 물건도 없는데,

어디에 먼지가 일어나리오.

_육조혜능대사

혼자가 되었지만
홀로 설 수 있다면

초판 1쇄 인쇄 2021년 3월 12일
초판 1쇄 발행 2021년 3월 21일

지은이 도연 스님
펴낸이 나현숙
표지 디자인 [★]규 | **본문 디자인** 마인드윙

펴낸곳 디 이니셔티브
출판신고 2019년 6월 3일 제2019-000061호
주소 서울시 용산구 이태원로 211 708호
전화·팩스 02-749-0603
이메일 the.initiative63@gmail.com
페이스북·인스타그램 @4i.publisher

ⓒ 도연 2021

ISBN 979-11-968484-7-7 03810

iiii 디 이니셔티브는 보다 나은 미래에 도전하는 콘텐츠 퍼블리셔입니다